Les MEILLEURES COPIES du BAC

Histoire-Géo
Terminales L et ES

Joëlle Boyer-Ben Kemoun

Professeur agrégée d'Histoire au lycée Condorcet (Paris)
Docteur en Histoire

ellipses

Remerciements

Merci aux élèves de TS2 du Lycée Condorcet de Paris pour leur travail et leur enthousiasme.

Chez Ellipses

Populations et sociétés de 1880 à 1945, 1996.

L'Europe et le monde dans la Seconde Guerre mondiale, 1999.

La Seconde Guerre mondiale, 2000.

Dossiers d'éducation civique, juridique et sociale, ouvrage collectif, 2001.

Dictionnaire d'éducation civique, juridique et sociale, 2003.

La France et le monde depuis 1939, ouvrage collectif, 2003.

80 fiches d'actualité et de culture générale, ouvrage collectif, 2003.

Le Second XXe siècle, ouvrage collectif, 2003.

Colonisation européenne et système colonial du milieu du XIXe siècle aux années 1960, 2004.

Histoire / Géographie. Terminales L, ES, S, ouvrage collectif, 2005.

L'épreuve d'histoire du XXe siècle à Science-Po, 2007.

Le temps des châteaux forts, 2009.

À la découverte des Mayas, Aztèques et Incas, 2010.

100 phrases qui ont marqué l'Histoire, 2011.

Histoire-Géographie Terminales ES et L. Tout le programme en 35 fiches, 2012.

La science – La justice. Concours commun IEP 2013, ouvrage collectif, 2012.

Le travail – La culture. Concours commun IEP 2014, ouvrage collectif, 2013.

La famille – La mondialisation. Concours commun IEP 2015, ouvrage collectif, 2014.

Comprendre le XXe siècle. Concours d'entrée Sciences Po, ouvrage collectif, 2015.

L'école. La démocratie. Concours commun IEP 2016, ouvrage collectif, 2015.

ISBN 9782340-010222

32, rue Bargue 75740 Paris cedex 15

www.editions-ellipses.fr

AVANT-PROPOS

Comme dans toutes les matières, en histoire et géographie rien ne sert de déverser, en vrac, un flot d'informations sans les trier et les organiser. L'élève qui apprendra et remettra à plus tard l'entraînement nécessaire risque d'être déçu par sa note au Bac. Il faut s'entraîner pour réussir les épreuves, difficiles, de l'examen.

Rien ne sert, non plus, d'essayer de réaliser une composition ou une étude critique de document « d'un seul coup ». Il faut apprendre les différents éléments d'un exercice avant de faire un montage. Rien ne sert de se lancer dans une composition complexe, par exemple, sans maîtriser l'introduction, la transition, la conclusion, le plan. Rédiger doit venir ensuite, naturellement. Il vaut mieux faire plusieurs plans qu'une seule composition.

Ainsi, certaines des copies de cet ouvrage ne sont pas entièrement rédigées mais représentent un travail technique. Sans être parfaites, elles représentent un excellent travail qu'un élève de terminale peut présenter pour atteindre une vraiment bonne note le jour de l'examen.

L'ÉPREUVE D'HISTOIRE-GÉOGRAPHIE AU BAC

En Histoire-Géographie, l'épreuve est la même pour les élèves de Terminale Littéraire et de Terminale économique et sociale. Le coefficient est néanmoins différent – 4 pour les Terminales L, 5 pour les Terminales ES.

Selon le Bulletin officiel spécial n° 7 du 6 octobre 2011,

« L'épreuve est composée de deux parties.

Sa durée totale est de quatre heures dont l'utilisation est laissée à la liberté du candidat, même s'il lui est conseillé de consacrer environ deux heures et demie à la première partie ». Cela signifie que la totalité des sujets de l'épreuve est donnée au candidat. À charge pour lui de ne pas se laisser déborder par un exercice en en sacrifiant un autre.

- « Dans la première partie, le candidat rédige une composition en réponse à un sujet d'histoire ou de géographie.
- La deuxième partie se compose d'un exercice portant sur la discipline qui ne fait pas l'objet de la composition :
  - en histoire, une étude critique d'un ou de deux document(s),
  - en géographie, soit une étude critique d'un ou de deux document(s), soit une production graphique (réalisation d'un croquis ou d'un schéma d'organisation spatiale d'un territoire) ».

Un élève de Terminale L ou ES doit donc maîtriser plusieurs exercices, composition d'Histoire et de Géographie, étude critique d'un ou de deux documents d'histoire ou de géographie, croquis de géographie (il faut noter que le schéma est maintenant facultatif et ne peut pas être le sujet de la deuxième partie, mais nous y reviendrons).

Cet ouvrage n'abordera pas le croquis – avec un fond fourni – ni le schéma. Depuis le Bac 2015, les élèves de L et ES ne peuvent être interrogés que sur sept croquis obligatoires, dont le titre est clairement énoncé.

« La composition.

- Le candidat traite un sujet au choix parmi deux proposés dans la même discipline.
- Pour traiter le sujet choisi, en histoire comme en géographie :
  - il montre qu'il sait analyser un sujet, qu'il maîtrise les connaissances nécessaires et qu'il sait les organiser ;
  - il rédige un texte comportant une introduction (dégageant les enjeux du sujet et comportant une problématique), plusieurs parties structurées et une conclusion ;
  - il peut y intégrer une (ou des) production(s) graphique(s).

- Le libellé du sujet peut prendre des formes diverses : reprise partielle ou totale d'intitulés du programme, question ou affirmation ; la problématique peut être explicite ou non ».
- Les productions graphiques sont essentiellement des schémas à intégrer dans une composition de géographie, un bon schéma étant souvent plus clair qu'un long discours. Mais pourquoi ne pas intégrer un schéma – on remarque que le texte officiel parle de « production graphique » – en histoire ? Il est souvent plus simple de réaliser un organigramme, notamment celui d'une constitution, que de décrire. Comme on le voit, le texte officiel insiste à la fois sur les connaissances et sur la forme.

L'étude critique de document(s) qui, si la deuxième partie est en géographie, peut être un croquis :

- « L'exercice d'étude critique de document(s), en histoire comme en géographie, comporte un titre, un ou deux document(s) et, si nécessaire, des notes explicatives. Il est accompagné d'une consigne visant à orienter le travail du candidat ».
- « En histoire, l'étude critique d'un ou de deux document(s)
- Cette étude doit permettre au candidat de rendre compte du contenu du ou des document(s) proposé(s) et d'en dégager ce qu'il(s) apporte(nt) à la compréhension des situations, des phénomènes et des processus historiques évoqués.
- Le candidat doit mettre en œuvre les démarches de l'étude de document en histoire :
  - en dégageant le sens général du ou des document(s) pour la compréhension de cette question historique et en prenant la distance critique nécessaire ;
  - en montrant, le cas échéant, l'intérêt de la confrontation des documents ».
- La consigne qui est donnée est une problématique. Il n'y a pas de questions posées sur le ou les document(s).

« En géographie [...] étude critique d'un ou de deux document(s) :

- Cette étude doit permettre au candidat de rendre compte du contenu du ou des document(s) proposé(s) et de dégager ce qu'il(s) apporte(nt) à la compréhension des situations, des phénomènes ou des processus géographiques évoqués. Le candidat doit mettre en œuvre les démarches de l'étude de document(s) en géographie :
  - en dégageant le sens général du ou des document(s) en relation avec l'objet géographique auquel il(s) se rapporte(nt),
  - en faisant apparaître les enjeux spatiaux qu'il(s) exprime(nt) et la manière dont il(s) en rend(ent) compte,
  - en montrant l'intérêt et les limites éventuelles du ou des document(s) pour la compréhension de cette question géographique et en prenant la distance critique nécessaire,
  - en montrant, le cas échéant, l'intérêt de la confrontation des documents ; »

Le sujet de Bac peut se présenter sous deux formes, connues seulement le jour du Bac à l'ouverture des sujets :

Hypothèse A :

Première partie : histoire avec deux sujets de composition au choix.

Deuxième partie : géographie avec un sujet unique, l'étude critique d'un ou de deux documents ou un croquis parmi les sept de la liste.

Hypothèse B :

Première partie : géographie avec deux sujets de composition au choix.

Deuxième partie : histoire avec un sujet unique, l'étude critique d'un ou de deux documents.

« **Évaluation et notation**

- L'évaluation de la copie du candidat est globale et doit utiliser tout l'éventail des notes de 0 à 20.
- À titre indicatif, la première partie peut compter pour 12 points et la deuxième partie pour 8 points. »
- La copie est corrigée en une fois et un exercice excellent peut compenser en partie un exercice moins bon. Cependant, n'imaginez pas avoir plus de 12/20 si vous écrivez une excellente composition en quatre heures, en omettant de faire l'exercice de deuxième partie. Ne négligez ni l'histoire ni la géographie, vous serez évalué dans les deux matières.
- Un petit « truc », cependant. Séparez vos copies, le papier vous étant offert un jour d'examen ne soyez pas trop économe, et placez sur le dessus ce que vous pensez avoir fait de mieux. Votre correcteur aura tendance à être plus bienveillant s'il lit d'abord un bon exercice. Comme l'aurait à peu près dit Talleyrand – qui n'est pas à votre programme –, « Méfiez-vous du premier mouvement, c'est le bon ». Autrement dit, il sera difficile de corriger une mauvaise (ou une bonne) impression.

BIEN S'ORGANISER LE JOUR J !

LA GESTION DU TEMPS

Quatre heures passent vite. Il est conseillé de consacrer deux heures et demie environ à la première partie. Cependant, comme il est facile de se laisser entraîner à dépasser ce temps pour réaliser une composition, un premier conseil est de traiter d'abord la deuxième partie qui, rappelons-le, « vaut » huit points. Il n'est donc pas question de la bâcler à la fin des quatre heures.

Soyez strict avec vous-même et entraînez-vous dans le temps imparti ou, mieux, dans un temps moindre. Bien qu'elles soient passées de mode dans la vie courante, les montres sont des objets indispensables un jour d'examen. Les téléphones portables, les montres synchronisées et autres sont interdits le jour du Bac. Les calculatrices sont aussi interdites.

- On peut suggérer la décomposition suivante du temps :
  - Exercice de deuxième partie : 1h30 dont on « économise » 10 minutes pour la relecture finale :
    - 30 minutes : lecture des documents, plan et rédaction de l'introduction
    - 50 minutes : rédaction du corps du devoir et de la conclusion.
  - Exercice de première partie : 2h30 dont on « économise » 10 minutes pour la relecture finale
    - 10 minutes : lecture et choix du sujet. Recherche de la problématique.
    - 20 minutes : plan au brouillon
    - 20 minutes : introduction
    - 1h15 (75 minutes) : rédaction du corps de la composition (s'il y a deux parties, 35 minutes par partie et 5minutes pour la transition ; s'il y a trois parties, 20-25minutes par partie sans dépasser 65 minutes en tout et 10 minutes pour les deux transitions).
    - 15minutes : rédaction de la conclusion
    - 20minutes : relecture de l'ensemble de la copie

  - En général, l'épreuve d'Histoire-géographie a lieu le matin, de 8 heures à midi, ce qui donne :
  - 8h-9h20 : exercice de deuxième partie :
    - 8h00-8h30 : lecture des documents, plan et rédaction de l'introduction
    - 8h30-9h20 : rédaction du corps du devoir et de la conclusion
    - 9h20-9h30 : lecture et choix du sujet de composition. Recherche de la problématique.
    - 9h30-9h50 : plan au brouillon
    - 9h50-10h10 : introduction
    - 10h10-11h25 : rédaction du corps de la composition (s'il y a deux parties, 35 minutes par partie et 5 minutes pour la transition ; s'il y a trois parties, 20-25 minutes par partie sans dépasser 65 minutes en tout et 10 minutes pour les deux transitions).
    - 11h25-11h40 : rédaction de la conclusion
    - 11h40-12h : relecture de l'ensemble de la copie

HISTOIRE

LA COMPOSITION D'HISTOIRE

- Il faut toujours commencer par lire avec soin le sujet. Vous devez décider très rapidement du sujet que vous allez traiter puisque vous avez le choix entre deux sujets et vous tenir à ce choix. Recopiez-le au début de votre copie ; l'écrire le fixera dans votre mémoire et vous aurez moins tendance à vous éloigner du sujet. De plus, c'est une courtoisie envers le lecteur.
- Commencez par comprendre le sujet et, notamment, ses limites chronologiques et spatiales.
- Les dates que l'on vous donne ont une importance historique. Par exemple, parler de Socialisme en Allemagne depuis 1875 implique que vous connaissez le congrès de Gotha.
- Quel est le sens exact des termes utilisés ? Que signifie par exemple le terme « Europe » en 1948 ?
- À quelle partie du programme le sujet se rattache-t-il ?
- Cherchez la problématique. Quelle question ce sujet pose-t-il ? Cela soutiendra toute votre démonstration jusqu'à la conclusion. Écrivez votre problématique sur une feuille de brouillon à laquelle vous vous référerez souvent pendant votre devoir. À noter : une bonne problématique n'est pas le sujet auquel vous vous serez contenté d'ajouter un point d'interrogation.
- Élaborez ensuite le plan au brouillon.
  - En Histoire, un plan comprend deux ou trois parties.
  - Chaque grande partie doit être divisée en deux ou trois sous-parties.

Ainsi vous pouvez élaborer quatre types de plans :

PREMIER PLAN	**DEUXIÈME PLAN**	**TROISIÈME PLAN**	**QUATRIÈME PLAN**
I. A. B. **II.** A. B.	**I.** A. B. C. **II.** A. B. C.	**I.** A. B. **II.** A. B. **III.** A. B.	**I.** A. B. C. **II.** A. B. C. **III.** A. B. C.

Il n'y a pas un plan et un seul pour répondre à un sujet. Le plan peut cependant être suggéré par le sujet lui-même.

Le plan le moins « dangereux » en Histoire est le plan chronologique. Il faut alors trouver des dates importantes qui marquent la fin d'une de vos grandes parties. Vous pouvez aussi utiliser un plan synthétique, en évitant le plan « à tiroirs », c'est-à-dire un plan sans progression dans lequel les parties sont interchangeables. Ainsi **pas de plan du genre** :

I. Aspect politique

II. Aspect économique

III. Aspect social

L'idéal est un plan chrono-thématique ou thématico-chronologique qui mêle adroitement chronologie et thèmes.

- Équilibrez vos parties pour que votre plan soit harmonieux. Pour cela, utilisez une feuille par partie – en n'écrivant qu'au recto de la feuille – pour pouvoir vérifier l'équilibre de votre plan d'un seul coup d'œil avant de rédiger. Si votre troisième partie vous paraît faible, c'est probablement parce qu'un plan en deux parties est plus judicieux.
  - Ne sautez surtout pas l'étape du plan. J'ai coutume de comparer une copie à un être humain, le plan étant son squelette. Vous aurez beau habiller un squelette inexistant de magnifiques vêtements, l'ensemble ne sera pas solide. Autrement dit, beaucoup de connaissances mal ou peu organisées ne font pas une bonne note. Un plan bien organisé, avec des exemples bien choisis, sera plus satisfaisant.
- Après avoir organisé votre plan, élaborez votre introduction. C'est par là que le correcteur entre dans votre copie et qu'il en a une première impression. Bannissez l'idée d'écrire votre introduction après votre devoir pour l'adapter à ce que vous aurez écrit. Le lecteur s'en rendra compte, surtout si vous l'avez bâclée faute de temps ou si vous n'avez pas laissé assez de place au début de votre copie, vous obligeant à modifier votre écriture pour tout « faire tenir ».
  - L'introduction est écrite au brouillon.
  - Vous pouvez éveiller l'intérêt du lecteur par une « phrase d'accroche ». Cela peut être une citation, un fait, une statistique, etc. En apprenant vos cours, pensez à des phrases d'accroche et constituez-vous un petit stock de citations que vous pourrez « tester » dans les devoirs de l'année.
  - Vous devez ensuite répéter le sujet en en expliquant les termes, vocabulaire, limites chronologiques et spatiales.
  - Remettez le sujet dans un ensemble plus vaste. Vous montrez ainsi que vous avez compris son contexte.
  - Indiquez quelle est votre problématique, c'est-à-dire le problème historique que pose le sujet. La problématique n'est pas le sujet assorti d'un point d'interrogation.
- Annoncez, pour finir, votre plan. Évitez les annonces de plan trop scolaires, du genre : « Tout d'abord, nous allons étudier… puis nous allons voir… et enfin nous allons nous pencher sur… Malgré vos efforts pour trouver des synonymes, cette annonce de plan

est lourde. Évitez aussi d'écrire « je vais essayer de… » puisque c'est ce que l'on attend de vous. Ne dites pas « je ». Évitez aussi de donner les numéros de vos parties. Bref, une phrase-plan rédigée, en deux ou trois membres de phrase, permettra de comprendre votre plan et sa cohérence. Vous pouvez écrire aussi autant de phrases courtes qu'il y a de « grande partie » dans votre devoir.

- ▸ Au début de la copie, indiquez le sujet que vous avez choisi, en en recopiant l'intitulé et non en indiquant sujet 1 ou 2. Ne laissez pas le lecteur attendre d'avoir lu votre introduction pour savoir de quoi vous voulez parler.

- ◆ Recopiez votre introduction, qui doit avoir à peu près la longueur d'un paragraphe, c'est-à-dire une quinzaine de lignes. Évitez les introductions trop longues où vous essayez de raconter tout ce que vous savez en dehors du sujet en remontant au Déluge, ou trop courtes, qui n'introduisent pas assez votre travail.
- ◆ À partir de là, travaillez au propre en suivant votre plan – ce qui suppose qu'il est solide.
  - ▸ Sautez au moins une ligne après l'introduction.
- ◆ Votre première partie commence par un alinéa. Individualisez les deux ou trois paragraphes qu'elle comporte en allant à la ligne à la fin de chaque paragraphe. Un paragraphe ne doit pas être trop long et commence par un alinéa. Ne sautez pas de ligne entre les paragraphes.
  - ▸ En règle générale, n'allez pas sans cesse à la ligne : cela éparpille la lecture, lasse l'attention du lecteur et montre une écriture et une pensée « sautillantes ».
  - ▸ À la fin d'une partie, sautez une ligne et écrivez une transition. La transition est un passage obligé entre deux parties. Elle résume très rapidement ce qui vient d'être dit et annonce la partie suivante. Vous pouvez l'enrichir d'une citation, d'un fait que vous n'avez pas pu placer ailleurs… La transition n'est pas un paragraphe et ne doit pas être trop longue. Il ne faut cependant pas vous en « débarrasser » en écrivant deux lignes. J'ai coutume de comparer la transition à un pont. À vous de la faire suffisamment « confortable » pour que le lecteur comprenne où il va – et où vous allez. De plus, la transition est un point d'appui très pratique pour la relecture d'une copie. Si votre plan comporte deux parties, il y a une transition ; s'il comporte trois parties, il y a deux transitions.
  - ▸ Comme vous rédigez en suivant votre plan, vous pouvez en même temps avoir près de vous une feuille de brouillon. Ce sera l'amorce de la conclusion. Au cours d'un devoir, vous pouvez vous affoler en vous rendant compte que vous avez oublié un point fondamental – ou que, dans le stress d'un examen, vous croyez à tort fondamental. Ne paniquez pas. Ne recommencez pas tout ; vous n'en avez pas le temps. Notez ce que vous avez oublié sur ce brouillon, vous le placerez dans la conclusion. Le correcteur ne sera pas dupe mais appréciera votre effort.
- ◆ Attention à gérer le temps. Ne vous laissez pas déborder, au risque de ne pas pouvoir finir. Si, néanmoins, il vous reste peu de temps, rédigez rapidement les grandes lignes du reste de votre développement et passez à la conclusion. Une composition sans conclusion sera très mal notée.

- La conclusion est fondamentale. Elle vous permet de répondre à la problématique. Elle ne doit en aucun cas vous permettre de donner votre opinion personnelle sur la question posée, en émettant des jugements de valeur. N'utilisez pas le « je ». Dans la conclusion, vous devez résumer très rapidement votre propos, – attention, il ne s'agit pas de refaire le devoir.
  - Il faut répondre à la problématique mais de façon nuancée. Numérotez sur votre brouillon-conclusion les idées que vous avez eues en cours de route et intégrez-les à ce que vous rédigez.
  - La conclusion finit par une « ouverture », qui ouvre le sujet sur une question historique plus large. En aucun cas l'ouverture ne peut se résumer à une interrogation naïve, du genre « que s'est-il passé après ? »
- Le devoir doit être rédigé dans un français simple et précis.
- Écrivez de façon lisible. Si votre écriture est difficile à lire, on fera moins preuve de patience à un examen que dans le courant de l'année. Essayez d'écrire moins en vous appliquant.
- Attention d'abord à l'orthographe. Les noms propres sont importants. Il ne suffit pas de les lire pour savoir les écrire, vous devez apprendre l'orthographe des noms. On ne vous pardonnera pas des Degol et des Stalin de fantaisie.
- Ne négligez pas la ponctuation et n'omettez pas les accents. Revoyez la valeur des virgules, des points-virgules et des points, des parenthèses, des tirets, des guillemets, etc.
- La valeur des majuscules est importante. Vous devez en mettre en début de phrase, aux noms propres. Mettez une majuscule aux adjectifs quand dans une expression ils précèdent le nom. Ainsi, vous écrirez « Seconde Guerre mondiale » et « Révolution industrielle ». Les noms de peuples et les adjectifs substantivés prennent une majuscule ; ainsi, vous écrirez « les Français » et « un soldat français ». L'utilisation de la majuscule étant difficile, reportez-vous à un ouvrage de règles.
- Écrivez une copie d'histoire au présent historique ou au passé simple, si vous le maîtrisez. Il faudra en ce cas faire la concordance des temps avec l'imparfait. L'historien n'est pas un devin. Le futur est donc complètement proscrit dans une copie. Il est particulièrement ridicule de prévoir le passé.
- Attention aux erreurs de dates. Les dates ne sont pas destinées à encombrer la mémoire mais vous permettent de raisonner de façon logique.
- Attention aux erreurs d'unités. Ne soyez pas illogique, en créditant la Seconde Guerre mondiale de 50 milliards de morts ou de 50 mille morts par exemple.
- N'utilisez pas de mots dont le sens ne vous est pas bien connu, n'essayez pas d'éblouir le lecteur en écrivant de façon pédante et n'appliquez pas l'aphorisme d'Oscar Wilde : « Je suis si intelligent que, parfois, je ne comprends pas un traître mot de ce que je dis ».

L'ÉTUDE CRITIQUE D'UN OU DE DEUX DOCUMENT(S) EN HISTOIRE

- Cet exercice ne comprend pas de choix ; ainsi, il n'est pas possible de faire d'impasse.
- Commencez par lire le ou les document(s) ainsi que la consigne, qui est la problématique que l'on vous donne (vous n'avez pas besoin de chercher une problématique). Le ou les document(s) se rattachent à une partie du programme. Cependant, si le programme d'histoire est découpé en chapitres artificiels destinés à faciliter la compréhension, ces chapitres ne sont en aucun cas « étanches ». Vous pouvez utiliser des connaissances qui viennent d'autres parties du programme.
- Comme vous avez peu de temps, rédigez le plus possible « au propre ». Votre brouillon vous servira à noter les principaux éléments de l'introduction et de la conclusion.
- Choisissez des axes simples pour l'explication. Soulignez ou surlignez dans les documents ce qui se rapporte à chaque partie (par exemple, si vous avez deux parties, les éléments utilisés pour la partie I en bleu et la partie II en jaune).
- Votre plan doit être clair. Si vous avez deux documents, un mauvais plan consistera à étudier le premier document puis le deuxième. Dans un plan en trois parties, vous pouvez trouver deux thèmes et ensuite critiquer les documents ou, mieux, trouver deux thèmes en critiquant les documents à l'intérieur de vos parties. Il faut, bien sûr, mettre les documents en relation tout au long de l'étude et non seulement dans la conclusion.
- Rédigez une brève introduction. Elle commencera par la nature du document. Si c'est un texte, précisez s'il s'agit de mémoires, d'un texte de loi, d'un article de journal, etc. D'autres documents, photos, graphiques, organigrammes, etc. sont possibles. Si l'auteur est très connu, indiquez quelques éléments de sa biographie en relation avec le document, sans vous étendre sur des détails. Si l'auteur est peu connu, il y aura une note avec le document et vous pouvez et devez vous en servir. Indiquez la date du document. Par contre, s'il s'agit d'un texte, évitez d'alourdir votre introduction en citant l'éditeur, sauf si cette donnée représente un intérêt pour la compréhension du document. Rappelez la consigne et annoncez vos axes d'explication (sans écrire I ou II, bien sûr).
- Expliquez les documents en suivant vos idées principales. N'oubliez pas de citer le document. Les citations doivent être courtes. Il ne s'agit pas de recopier le document.
- Rédigez la conclusion en insistant sur l'intérêt des documents (ce qu'ils apportent à la connaissance de l'histoire), leur valeur (il est plus intéressant d'avoir deux documents contradictoires ; s'il n'y en a qu'un, il faut montrer ses limites) et leur portée éventuelle (leur influence historique).
- Quand vous relisez, corrigez mais évitez les ajouts rejetés en fin de copie ou encombrant la marge.
- Cette épreuve est difficile. Il faut comprendre le ou les document(s) mais il faut aussi le(s) critiquer, ce qui demande des connaissances historiques précises. Ne respectez pas le(s) document(s) sous prétexte qu'ils existent et ne croyez pas tout ce qu'ils affirment.

Cet exercice montrera que les années pendant lesquelles vous avez assisté à des cours d'histoire vous ont permis de développer votre esprit critique. Mais attention !, une critique peut être aussi positive.

- Un des principaux défauts que l'on trouve est la paraphrase. L'élève répète le texte. Supposez que le correcteur comprend couramment le français et évitez de « traduire » le texte du français au français. Citez-le pour éviter cette tendance. Paraphraser un texte peut vous apporter une mauvaise note alors que vous pensez avoir compris le texte (mais que vous ne l'avez pas expliqué). La paraphrase est aussi souvent le signe que vous ne connaissez pas le sujet avec précision.
- Pour citer un document, vous devez faire des citations courtes en écrivant ce que dit le texte plutôt qu'en écrivant « ligne 2 » car cela ne simplifie pas le travail du lecteur qui doit se reporter au document pour trouver la citation. Si vous ne citez pas avec exactitude – pour inclure une citation dans une phrase, on peut changer la conjugaison, par exemple –, indiquez vos changements par des [...].
- Le défaut inverse de la paraphrase, tout aussi grave, est la dissertation « à propos » du document. Vous connaissez le sujet et déversez vos connaissances en perdant de vue le document.
- Rappelez-vous enfin qu'il ne s'agit pas dans le temps imparti de tout expliquer.

COPIE 1

PLAN DE COMPOSITION

L'HISTORIEN ET LES MÉMOIRES DE LA SECONDE GUERRE MONDIALE

CONSIGNES ET CONDITIONS

Le plan de cette composition est élaboré sur table en 30 minutes.

Le sujet se rattache au thème 1 du programme : « Le rapport des sociétés avec leur passé – Les mémoires : lecture historique. Une étude au choix parmi les deux suivantes » L'étude choisie est « l'historien et les mémoires de la Seconde Guerre mondiale en France ».

L'historien et les mémoires de la Seconde Guerre mondiale

I. Des mémoires de la Seconde Guerre mondiale à prendre avec précaution

1) Des mémoires multiples	2) Des mémoires fragiles	3) Des mythes déformant la réalité
– Différentes mémoires : des témoins, nationales (ex : célébration le 25 août en Espagne pour l'entrée des troupes espagnoles à Paris), officielles, collectives (ex : mémoire juive de la Shoah) – Parmi les témoins, nombreuses situations : déportés, travailleurs du STO, prisonniers de guerre, personnes restées sur place, collaborateurs, résistants (communistes ou non)...	Cas particuliers très soumis à l'omission et au mensonge : – Traumatisés (déportés des camps...) – "Coupables" (collaborateurs...)	– Particulièrement le résistancialisme gaulliste et communiste, qui oublie la collaboration en grande partie, au profit d'une France supposée ~~mont~~ résistante ... (ex : Parti Communiste "Parti des 70 000 fusillés") – Jusqu'à l'anamnèse ... TRANSITION ... où l'historien a un rôle à jouer.

II) Le rôle de l'historien face à ces mémoires

1) L'historien écrit l'histoire	2) L'historien contredit les fausses vérités, les "mythes"	3) L'historien joue un rôle dans la Mémoire
– Grâce aux témoignages, il a une vision directe de l'Histoire en plus d'autres preuves matérielles *Les témoignages ne sont pas des preuves matérielles* – Mais comme vu, il prend ces témoignages avec précautions car ils peuvent être faux, déformés ou omettent des choses. *éléments*	– Ainsi, il contribue à rappeler le génocide juif et le rôle de la France de Vichy (ex : R. Paxton et son livre *La France de Vichy* paru en 1972, et avant lui H. Michel, ont participé à l'anamnèse). – L'historien contredit aussi les négationnistes (ex : Faurisson) qui nient la Shoah et/ou son importance.	En tant que "témoin" il se veut objectif. – Comme Vichy, chamboule les vérités. *Mal dit* – Il peut témoigner dans les Grands Procès, comme celui de Maurice Papon. *L'historien se veut objectif. Peut-il être un témoin ?*

APPRÉCIATION DE LA COPIE 1

Un excellent travail

NOTE DE LA COPIE

18/20

COMMENTAIRE DÉTAILLÉ

Ce qui est bien

- Le plan est équilibré. Deux grandes parties comprenant trois sous-parties. Chaque sous-partie contient deux idées. Rappelons qu'un plan de composition s'articule en deux ou trois parties, avec un nombre de sous-parties égales.

  I. Des mémoires de la Seconde Guerre mondiale à prendre avec précaution

  1. Des mémoires multiples
  2. Des mémoires fragiles
  3. Des mythes déformant la réalité

  II. Le rôle de l'historien face à ces mémoires

  1. L'historien écrit l'histoire
  2. L'historien contredit les fausses vérités, les « mythes »
  3. L'historien joue un rôle dans la mémoire
- Le fait d'essayer d'envisager toutes les mémoires, la mémoire juive, celle des résistants, des déportés pour faits de résistance ou « raciaux », des travailleurs du STO, des prisonniers de guerre, des collaborateurs…
- La connaissance des aspects mythiques de la mémoire gaulliste et communiste.
- La connaissance d'historiens ayant travaillé tôt sur la question comme le Français Henri Michel et l'Américain Robert Paxton ou plus récemment comme Henri Rousso.
- Une bonne connaissance du vocabulaire lié à la mémoire (exemple de l'anamnèse).

Ce qui doit être corrigé

- Un plan ne doit pas se faire recto-verso. Il aurait été bien de l'écrire sur deux rectos pour faciliter la vérification de son équilibre. Cela permettrait aussi d'éviter les erreurs et les mélanges pendant la rédaction – ce qui serait encore plus le risque pour un plan en trois parties. Il faut bien penser à numéroter les feuilles, conseil aussi valable pour un oral.
- La confusion entre la mémoire et la preuve.
- L'idée que l'histoire et l'historien peuvent être totalement objectifs. L'historien qui se respecte se veut objectif mais peut-il l'être ? De plus, on trouve fréquemment des documents qui remettent en question des idées acquises précédemment.

- Le 25 août n'est pas célébré comme l'entrée des troupes espagnoles à Paris mais comme la libération de Paris en 1944 par les troupes de la 2e DB dans lesquelles se trouvaient de nombreux Espagnols de différentes tendances politiques.
- Le vocabulaire manque parfois de précision (omettre des choses) ou incorrect (« chambouler les vérités »).
- Quelques fautes d'orthographe.

Ce qui doit être approfondi

- Le plan en deux parties, même si sa structure paraît correcte, est un peu dangereux. En rédigeant, il est possible qu'il ne soit pas équilibré.

INTRODUCTION DE COMPOSITION

L'HISTOIRE PEUT-ELLE SE FONDER UNIQUEMENT SUR LA MÉMOIRE ? VOUS UTILISEREZ L'EXEMPLE DE LA SECONDE GUERRE MONDIALE.

CONSIGNES ET CONDITIONS

Il s'agit de rédiger en trente minutes l'introduction d'une composition sur le sujet. Le sujet se rattache au thème 1 du programme : « Les mémoires : lecture historique. Une étude au choix parmi les deux suivantes », l'étude choisie est « l'historien et les mémoires de la Seconde Guerre mondiale ».

COPIE 2

Contrôle d'Histoire

Excellent travail. On a cependant l'impression que ton plan comprend quatre parties. Travaille encore un peu la phrase plan.

Bonne accroche

Ce n'est qu'en 1995, soit cinquante ans après la fin de la Seconde Guerre mondiale, que le président Jacques Chirac reconnait la responsabilité de l'État français dans la Rafle du Vel-d'Hiv et donc la collaboration ~~de la France~~. Ce discours est un tournant autant pour l'histoire que pour la mémoire. Cependant, l'histoire et la mémoire sont deux termes qui peuvent s'opposer. L'histoire est la volonté de comprendre un événement ou un phénomène historique de façon critique et objective. C'est une science humaine qui découle d'une méthode scientifique tandis que la mémoire est subjective, pas toujours fiable et très variée. La mémoire de la Seconde Guerre mondiale connaît quatre phases, selon l'historien Henri Rousso, de 1945 à aujourd'hui, allant de la liquidation à l'hypermnésie. Dans quelle mesure, ces quatre phases de la mémoire permettent-elles de retracer l'histoire de cette guerre ? Nous étudierons la phase de liquidation, de 1945 à 1950 puis les

l'État français

Répétition

COPIE 2

COPIE 2

phases d'amnésie, et anamnèse et la phase d'hypermnésie.

//

APPRÉCIATION DE LA COPIE 2

Excellent travail. On a cependant l'impression que ton plan comprend quatre parties. Travaille encore un peu la phrase-plan.

NOTE DE LA COPIE

19/20

COMMENTAIRE DÉTAILLÉ

Ce qui est bien

- L'introduction commence par une bonne « accroche » qui montre une bonne compréhension du sujet et éveille l'intérêt du lecteur. L'exemple est relativement « proche » dans le temps et est un événement marquant pour la mémoire et l'histoire de la Seconde Guerre mondiale.
- Les termes Histoire et mémoire sont définis.

Ce qui doit être corrigé

- Il faut faire attention au vocabulaire employé, surtout quand il s'agit d'une période aussi douloureuse et discutée de l'histoire de France. Ainsi, il ne faudrait pas généraliser en écrivant « la collaboration de la France » mais plutôt « la collaboration de l'État français ».
- Attention aux répétitions.

Ce qui doit être approfondi

- La problématique est un peu faible. « Dans quelle mesure ces quatre phases de la mémoire permettent-elles de retracer l'histoire de la guerre ? ». Cependant, écrire « dans quelle mesure » permet de supposer que l'auteur de l'introduction ne va pas, dans le développement et la conclusion, écrire que l'histoire se fonde uniquement sur la mémoire. Il devrait annoncer qu'il y a différentes sources pour écrire l'histoire.
- L'annonce du plan est à revoir. Il s'agit d'une phrase-plan qui évite les annonces trop scolaires, du type « tout d'abord, nous allons étudier..., puis nous allons voir... et, enfin, nous allons analyser », lourdes et peu intéressantes. Cependant, le plan a l'air de se présenter en quatre parties, ce qui n'est pas correct dans une composition d'histoire. Le plan devra être regroupé en deux ou trois parties, ce qui est le cas s'il se présente ainsi :
  - pendant la période de liquidation de 1945 à 1960
  - pendant la phase d'amnésie et d'anamnèse
  - pendant la phase d'hypermnésie.
- Dans ce cas, il serait bien de continuer à dater les phases puisqu'il semble qu'il s'agit d'un plan chronologique.

ÉTUDE CRITIQUE DE DOCUMENT

Discours d'André Malraux à l'occasion du transfert des cendres de Jean Moulin au Panthéon.

« Comme Leclerc entra aux Invalides, avec son cortège d'exaltation dans le soleil d'Afrique, entre ici, Jean Moulin, avec ton terrible cortège. Avec ceux qui sont morts dans les caves sans avoir parlé, comme toi ; et même, ce qui est peut-être plus atroce, en ayant parlé ; avec tous les rayés et tous les tondus des camps de concentration, avec le dernier corps trébuchant des affreuses files de « Nuit et Brouillard »enfin tombé sous les crosses ; avec les huit mille Françaises qui ne sont pas revenues des bagnes, avec la dernière femme morte à Ravensbrück pour avoir donné asile à l'un des nôtres. Entre avec le peuple né de l'ombre et disparu avec elle – nos frères dans l'ordre de la nuit...

Commémorant l'anniversaire de la Libération de Paris, je disais : « Écoute ce soir, jeunesse de mon pays, les cloches d'anniversaire qui sonneront comme celles d'il y a quatorze ans. Puisses-tu, cette fois, les entendre : elles vont sonner pour toi.

L'hommage d'aujourd'hui n'appelle que le chant qui va s'élever maintenant, ce Chant des Partisans que j'ai entendu murmurer comme un chant de complicité, puis psalmodier dans le brouillard des Vosges et les bois d'Alsace, mêlé au cri perdu des moutons des tabors, quand les bazookas de Corrèze avançaient à la rencontre des chars de Rundstedt lancés de nouveau contre Strasbourg. Écoute aujourd'hui, jeunesse de France, ce qui fut pour nous le Chant du Malheur. C'est la marche funèbre des cendres que voici. À côté de celles de Carnot avec les soldats de l'an II, de celles de Victor Hugo avec les Misérables, de celles de Jaurès veillées par la Justice, qu'elles reposent avec leur long cortège d'ombres défigurées. Aujourd'hui, jeunesse, puisses-tu penser à cet homme comme tu aurais approché tes mains de sa pauvre face informe du dernier jour, de ses lèvres qui n'avaient pas parlé ; ce jour-là, elles étaient le visage de la France ».

CONSIGNES ET CONDITIONS

Devoir sur table en deux heures comprenant une étude critique de document noté sur huit et un plan complet de composition noté sur douze. Le sujet se rattache au thème 1 du programme : « Les mémoires : lecture historique. Une étude au choix parmi les deux suivantes », l'étude choisie est « l'historien et les mémoires de la Seconde Guerre mondiale ».

COPIE 3

Ce document est un discours d'André Malraux qui était en 1964 ministre alors que le Général De Gaulle était au pouvoir. Le discours est prononcé le 19 décembre 1964 lors du transfert des cendres de Jean Moulin au Panthéon. Jean Moulin était une grande figure de la Résistance française. Il s'agit pour André Malraux de lui rendre hommage mais aussi de rappeler la France résistance. Il transmet, en effet, une idée de résistancialisme, c'est à dire qu'il occulte une partie de la mémoire pour ne mettre en avant qu'une France résistante. Le résistancialisme fut mis en place par de Gaulle.
En quoi ce document met-il en avant la Résistance et reflète-t-il le résistancialisme ?
André Malraux transmet les valeurs de la Résistance à la jeunesse mais occulte une partie de la guerre où de nombreux français n'ont pas résisté.

Attention aux majuscules — A placer plutôt à la fin

Lourd — de Gaulle ou de De Gaulle — Mal dit — Mal dit — R — pendant laquelle

À travers le transfert des cendres de Jean Moulin au Panthéon, c'est l'idée d'une France résistante qu'André Malraux veut transmettre à la jeunesse.
La figure de Jean Moulin est l'incarnation même

COPIE 3

de la Résistance. Le transfert de ses cendres lui rend hommage et permet de montrer le chemin à suivre. Jean Moulin fut l'un des premiers à résister. Attention à la concordance des temps. Né en 1899 et mort en 1943, il fut torturé par Klaus Barbie mais n'a jamais dénoncé d'autres résistants. Il meurt finalement dans un train qui l'emmenait vers la déportation. André Malraux nomme les tombes de ceux à côté de qui il repose désormais : Carnot, Victor Hugo et Jaurès. Ces hommes incarnent une France qui se bat et la volonté de justice. Jean Moulin est également comparé à Leclerc qui combattu pour la libération du pays en Afrique, et le libérateur de Paris et de Strasbourg...

André Malraux fait appel à un autre symbole de la Résistance dans ce texte : le "Chant des Partisans". Ce chant était un véritable appel au combat et à la résistance qu'André Malraux compare à un "chant de complicité ». Ce chant s'adresse, en effet, à un « ami », aux « ouvriers et paysans ». Il appelle au combat (« c'est l'alarme ») contre les nazis désignés par comme des les corbeaux. TB

Ce discours s'adresse notamment à la jeunesse (« jeunesse de mon pays », « jeunesse de France »). Il s'agit pour André Malraux de transmettre les valeurs de la Résistance à la jeunesse à travers des symboles : Jean Moulin ou encore le "Chant des Partisans". Les valeurs seront le fait de se battre pour son pays et pour ses compatriotes : pas uniquement « sans avoir parlé » fait référence à ceux qui n'ont pas dénoncé d'autres résistants et « pour avait donné l'asile à l'un des nôtres » montre qu'il faut être uni et fraternel.

Si André Malraux montre la France comme résistante, ceci n'est pas toujours vrai. Il occulte une part de mémoire.

André Malraux fait référence à de grandes figures hommes comme Jean Moulin et le Général Leclerc, aux résistants « morts dans les caves » sous la torture ; aux « tondus », les hommes et femmes étaient rasés dans les camps de concentration ; aux détenus des camps morts lors des grandes marches pour revenir en France et aux femmes du camp de Ravensbrück qui leur était réservé. Cependant, il met en avant seulement ceux qui ont combattu que ce soit dans la Résistance ou les camps et pas les Français qui en ont dénoncé d'autres.

C'est ainsi une époque où la France résistante est mise en avant à travers des symboles : Jean Moulin, ici, mais aussi la Croix de Lorraine par exemple ou encore les 15 dépouilles transférées au Mont Valérien à la fin de la guerre. Pour Rousso, la France se trouve ici dans une période d'amnésie. Il a, en effet, analysé les quatre phases de la mémoire : l'épuration, l'amnésie, l'anamnèse (le retour à la mémoire) et l'hypermnésie. Le régime de Vichy est un passé trop lourd à porter. « Un passé qui ne passe pas ».

Cette Résistance est également mise en avant à travers de nombreuses commémorations. André Malraux fait ainsi référence à la libération

[Annotations du correcteur en marge : « Les "marches de la mort" se dirigent vers l'Allemagne » ; « ou qui ont été déportés » ; « Mal dit » ; « B » ; « anamnèse »]

COPIE 3

de Paris et ses « cloches d'anniversaires » ».
Les commémorations sont multiples. Le 8 mai fut successivement mis en place en tant que jour de commémoration puis on enleva le jour férié et totalement la commémoration qu'on rétablit finalement. Les commémorations peuvent ainsi déranger lors de période d'amnésie car on veut oublier.

Ce document montre donc la façon dont le résistancialisme met en avant la France résistante, cela lors d'une période d'amnésie.
Le discours est ainsi ~~fait~~ prononcé par un ministre soucieux de montrer une France glorieuse qui ne rétablit pas toujours la vérité.
On peut aussi observer la façon dont le mythe de la Résistance est mis en place, mais aussi comment réagissent les peuples face à leur douloureux passé.
Dans son ouvrage Vichy, un passé qui ne passe pas, Rousso a mis en avant l'idée que les français ont très peu résistés*.
Si on assiste ici à une période d'amnésie, c'est car ce véritable passé est ~~dur~~ difficile à accepter.
* ce qui n'est pas, non plus, exact.

APPRÉCIATION DE LA COPIE 3

Excellent travail. Très documenté et fin. C'est très bien.

NOTE DE LA COPIE

8/8

COMMENTAIRE DÉTAILLÉ

Ce qui est bien

- La définition du Résistancialisme.
- La connaissance du statut de Malraux en 1964 (ministre de De Gaulle).
- Bonne connaissance de la biographie de Jean Moulin (par exemple dates, circonstances de sa mort...).
- Bonne connaissance du « chant des partisans », qui est cité.
- Connaissance du Mont-Valérien.
- Des références à Henri Rousso et citation de son ouvrage « Vichy, un passé qui ne passe pas ».
- Des références aux commémorations et aux aléas de la commémoration du 8 mai.
- L'introduction et la conclusion sont correctes.

Ce qui doit être corrigé

- Une erreur de méthode. La critique précède l'analyse du texte en étant indiquée dès la fin de l'introduction.
- L'élève ne sait pas ce que sont les « marches de la mort ».
- Quelques « mal dit ».
- Mauvaise utilisation des majuscules notamment pour de Gaulle, les Français, la Résistance.
- La concordance des temps est à revoir. L'élève écrit : « il fut torturé mais n'a jamais dénoncé » au lieu de « il a été torturé ». Il vaudrait mieux écrire au présent historique pour éviter les difficultés du passé. Cependant, il est bien d'écrire au passé simple, si on le maîtrise, en faisant la concordance avec l'imparfait.

Ce qui doit être approfondi

- L'élève ne semble pas pouvoir expliciter les références à Carnot, Victor Hugo et Jean Jaurès.
- Connaissance trop partielle du général Leclerc (rien de plus que le texte).
- Quelques passages ne sont pas expliqués.
- Il n'y a aucune remarque sur le ton et la forme du discours.

COMPOSITION RÉDIGÉE EN DEUX HEURES

« La mémoire divise, l'Histoire seule réunit » (Pierre Nora, historien né en 1931). Vous utiliserez vos connaissances sur l'histoire et les mémoires de la Seconde Guerre mondiale en France.

CONSIGNES ET CONDITIONS

Au cours d'un devoir sur table en trois heures, l'élève pouvait choisir entre deux sujets de composition en Histoire et devait rédiger l'étude critique d'un document en Géographie. En Histoire, l'élève devait rédiger entièrement :

- l'introduction (sur trois points)
- la (ou les) transition(s) (sur un point)
- la conclusion (sur trois points)

Le corps de la composition, puisqu'il manquait une heure par rapport à l'épreuve, devait prendre la forme d'un plan détaillé sur 5 points.

L'Histoire était notée sur 12, la Géographie sur 8.

Le sujet se rattache au thème 1 du programme : « Les mémoires : lecture historique. Une étude au choix parmi les deux suivantes », l'étude choisie est « l'historien et les mémoires de la Seconde Guerre mondiale ».

Ici, on présentera deux copies.

COPIE 4

Sujet : "La mémoire divise, l'Histoire seule réunit"
(Pierre Nora, historien né en 1931)

Que ce soit par les huit-cents noms de Français inscrits côte à côte sur la plaque de la salle Marcel Proust du lycée Condorcet ou lors de la cérémonie officielle le ~~onze~~ novembre au Panthéon, l'Histoire réunit les Français, morts ou vivants afin que cette Histoire de la France reste dans les mémoires. Ces deux termes, Histoire et mémoire, sont très liés mais peuvent aussi s'opposer. L'Histoire est la volonté de comprendre un événement, un phénomène passé, une démarche qui implique une réflexion scientifique reposant sur l'analyse et l'esprit critique. À l'inverse, la mémoire est subjective, elle est de l'ordre de l'affectif et de l'émotionnel, repose sur le souvenir et présuppose la sélection et l'oubli. En France, les mémoire de la Seconde Guerre mondiale sont très variées tandis que l'Histoire de

pas tous

Plutôt à l'Arc de Triomphe

Le sujet parlant d'abord de mémoire puis d'Histoire, définis les termes dans cet ordre.

mais avec beaucoup d'interprétations différentes

cette guerre est fixée. Comment les différentes mémoires de la Seconde Guerre mondiale ont-elles permis l'élaboration d'une Histoire qui réunit les Français ?

3/3 La variété des mémoires entraîne une certaine division qui, cependant, peut être une aide à l'élaboration de l'Histoire qui rassemble les Français.

I. La variété des mémoires divise

A. Les caractéristiques de la mémoire de la Seconde Guerre mondiale

- la mémoire n'est pas fiable (cf. définition de la mémoire), elle peut être fausse
- c'est un phénomène subjectif qui presuppose la sélection et l'oubli
- en France, il y a différentes mémoires de la Seconde Guerre mondiale
  - officielles → commémorations
  - nationales → libération de Paris
  - des témoins → partielles
  - collectives → Shoah
  - mémoire sur la défensive → Vichy
- mémoires qui s'opposent (collaborateurs et résistants)

B. Trois types de mémoire s'opposent de 1945 à 1969

- les mémoires "officielles" s'opposent :
  - la mémoire gaulliste
  - la mémoire communiste
- Cependant, elles présentent toutes les deux une France résistante avec le "résistancialisme" de De Gaulle et Jean Moulin comme incarnation de la Résistance pour les Gaullistes + "le parti des 75 000 fusillés" et des héros communistes comme Danièle CASANOVA ou Henri ROL-TANGUY pour les communistes
- S'opposent aussi aux mémoires sur la défaite :
  - la mémoire des soldats et prisonniers de guerre
  - la mémoire des déportés
  - la mémoire de Vichy

C. La particularité de la mémoire juive

- La mémoire juive divise car elle n'est pas tout de suite reconnue :
  - procès de Nuremberg, aucune fois le mot "juif" dans les ~~notes~~ du procès (minutes)
  - Tournant avec le procès Eichmann 1961, on commence à reconnaître la déportation "raciale" des juifs
  - émergence des négationnistes qui se nomment eux-mêmes "révisionnistes" (cf. Dreyfus)

COPIES 4-5

- mémoire juive génante qui a divisé la population jusqu'à émergence négationniste puis l'arrivée "fils et filles de déportés juifs" fondée par les Klarsfeld.

Transition : le terme "devoir de mémoire" est souvent utilisé. Cependant, beaucoup d'historiens trouvent qu'il est inapproprié. Il serait plus juste de parler de "travail de mémoire" ou de "devoir d'histoire".

1/1

II. Un "devoir d'histoire" qui rassemble les Français

A. le travail des historiens a permis de vérifier, de corriger les mémoires

- Henri Rousso détermine les 4 phases de la mémoire de cette guerre (liquidation, amnésie, anamnèse, hypermnésie) afin de réaliser une sorte de cycle de la mémoire

Il ne s'y fie pas mais il les a

- Henri Michel → se fie à ses intuitions car il n'a pas accès aux archives allemandes
- Suivi de Robert Paxton qui est un historien américain, le premier à avoir accès aux archives allemandes
↳ Vichy, un passé qui ne passe pas.

B. Les grands procès permettent la réunion des Français

- 3 procès emblématiques
. Paul Touvier : d'abord gracié puis des Français portent plainte pour crime contre l'humanité, + 2000 articles sur lui après sa grâce → condamné à prison à perpétuité, meurt en prison
. Klaus Barbie
. Maurice Papon → reste en France après la Libération car petits actes résistants + manque de travailleurs qualifiés. Devient ministre du budget, le "canard enchaîné" monte une campagne contre lui, procès qui rassemble les Français

C'est vrai mais, dans son cas, cela s'apparente au manque de hauts fonctionnaires (juges, personnels des préfectures, etc.).

C. La question de la commémoration

- Quels jours doit-on commémorer ?
. jour férié le 11 novembre puis enlevé par de Gaulle puis remis par Mitterrand
- 27 janvier : journée pour la Shoah puis pour tous les crimes contre l'Humanité
- rassemblements officiels au Panthéon à Paris tous les ans, pareil dans toutes les grandes villes de France
- Elles fixent la mémoire discours de Chirac en 1995.

Non, tu fais une confusion avec la Première Guerre mondiale. Tu veux dire le 8 mai.

4/5

COPIES 4-5

En France, les mémoires de la Seconde Guerre mondiale sont extrêmement variées parfois opposées. C'est aux historiens de rechercher, dans les archives, des preuves réelles qui confirment les mémoires parfois lourdes. Ainsi, l'Histoire permet de rassembler toute les mémoires, essayant d'être la plus neutre et la plus juste possible. Ainsi, elle créé un lien entre chaque témoin, peu importe les opinions politiques ou religieuses.

3/3

Mal dit

A une autre échelle, l'Histoire peut réunir des pays opposés : la France et l'Allemagne n'ont pas les mêmes mémoire cependant, l'Histoire qui les lie les réunit.

Bonne ouverture.

//

APPRÉCIATION DE LA COPIE 4

Bien pour l'introduction. Le plan sera facile à développer. Attention, cependant, aux erreurs. Très bien pour la transition. Très bien pour la conclusion.

NOTE DE LA COPIE

11/12 (3/3 pour l'introduction, 1/1 pour la transition, 3/3 pour la conclusion, 4/5 pour le plan détaillé).

COMMENTAIRE DÉTAILLÉ

CE QUI EST BIEN

- Bonne introduction :
  - Bien pour la phrase-plan, qui évite les présentations de plan scolaires et lourdes.
- L'élève cite des noms avec précision et à-propos (Danielle Casanova, Henri Rol-Tanguy).
- L'élève connaît les quatre phases de la mémoire selon Henri Rousso.
- Des connaissances sur Maurice Papon et sur la nécessité du maintien des hauts fonctionnaires en poste après la guerre par manque de cadres.
- Connaissance du discours de Jacques Chirac reconnaissant les responsabilités de l'État français.
- La conclusion finit par une bonne « ouverture », indiquant que les mémoires de la guerre sont différentes selon les pays, et notamment en France et en Allemagne.

CE QUI DOIT ÊTRE CORRIGÉ

- L'allusion à Dreyfus n'est pas claire. L'élève veut probablement expliquer que le mot « révisionniste » a plusieurs sens et qu'à l'époque de l'Affaire Dreyfus, les révisionnistes étaient les partisans de la révision du procès.
- Dans l'introduction, le sujet n'est pas indiqué avec précision, or, c'est une citation.
- On peut écrire les dates en chiffres, du moins le quantième et l'année. Il est donc inutile d'écrire le onze novembre, par contre, il ne faudrait pas écrire le 11/11.
- Le plan en deux parties, qui est très correct ici, doit être utilisé avec précaution car on arrive très vite à deux parties déséquilibrées en longueur.
- Attention à l'orthographe des noms propres. Il faut l'apprendre. On sera cependant plus strict sur l'orthographe des noms « connus » que sur ceux de personnages moins connus et notamment quand il s'agit d'une transcription.
- L'ouvrage d'Henri Rousso est cité de façon maladroite. En lisant la copie, on pourrait croire que c'est l'ouvrage de Paxton.
- Confusion entre les deux guerres dans l'introduction, avec la référence au 11 novembre.

CE QUI DOIT ÊTRE APPROFONDI

- Le cas Touvier est expliqué de façon confuse.

COPIE 5

Mal dit

Pierre Nora est un historien, né en 1931, qui nous dit un jour « La mémoire divise, l'Histoire seule réunit ». La ponctuation utilisée et les mots employés dans son propos suggèrent une opposition, un paradoxe entre les deux parties de la citation. La mémoire, qui n'est pas figée, et raconte un évènement du passé mais s'adresse au présent, diviserait, notamment les personnes, selon leur point de vue ; et l'Histoire, qui est un sujet très vaste, constitué de plusieurs mémoires et de faits, "réunirait", à elle "seule", que ce soit les personnes, les points de vue, ou tout simplement les mémoires.

2,5/3

Mais si la mémoire donne place à une division car il existe des points de vue différents, comment l'Histoire peut-elle réunir, ou rectifier, les opinions ?

B

Après tout la mémoire est très complexe et plutôt subjective - il en existe différents types et différentes phases, mais elle contribue à l'Histoire ; comme l'ont fait les mémoires de la Seconde Guerre mondiale, qui sont partagées, mais réunies grâce au travail des historiens.

I. Définition et analyse de la mémoire.

A. Les différents types de mémoire

mémoire des témoins : qui sont partielles.

mémoires collectives : les atrocité de la Seconde Guerre mondiale.

mémoires nationales : mémoires patriotiques et héroïques, qui sont propres à une nation.

mémoires particulières : exemple : le régime de Vichy.

B. Les quatres phases de la mémoires analysées par l'historien Henry Rousso.

1. La liquidation = phase durant laquelle on choisit de régler les problèmes. exemple : A la Libération de Paris en 1944 commence l'Épuration = phénomène durant lequel on rend justice / on fait sa propre justice.

prend fin quand on établit les lois d'~~amnésie~~ dans les années 1950.

amnistie = pardon

amnésie = oubli

2. Amnésie : phase durant laquelle on veut oublier, où on ~~ne~~ s'intéresse plus à d'autres choses. exemple = on oublie l'Occupation.

3. Anamnèse : c'est une prise de conscience des évènements passés.

4. Hypermnésie = retour constant à la mémoire. exemple = rappeler sans cesse les atrocités de la Seconde Guerre mondiale pour éviter qu'un évènement pareil se reproduise.

C. Le rapport mémoire / histoire.

Le terme « devoir de mémoires », pas appréciés par les historiens (car on y voit une obligation),

COPIES 4-5

eux ont un « travail d'histoire ». Préfèrent le terme « travail de mémoire ».

Durant la Seconde Guerre mondiale, la France est dans une situation difficile = une partie du pays est collaborationniste, c'est à dire qu'il existe des collaborateurs qui adhèrent au régime nazi et partagent leurs idées, mais il y a aussi les résistants, hostiles au nazisme. Les mémoires particulières amènent un débat, qui a besoin de rectification, car le pays est divisé, il a deux opinions différentes, et donc deux versions de l'Histoire.

Attention à la différence entre "collaborateur" et "collaborationniste"

II. Les mémoires de la Seconde Guerre mondiale en France.

A. Le régime de Vichy

régime collaborateur. approuve les idées d'Hitler. Le chef de l'État est (le maréchal) Pétain, appelé par les Français pour aider la France dans sa situation de crise, donc il signe l'armistice avec l'Allemagne le 22 juin 1940 et est donc sous son emprise, et doit lui obéir. Grâce à sa police parallèle à la Gestapo allemande, la milice, Pétain réalise de nombreuses arrestations (juifs, politiques... résistants).

Il choisit d'aller aux devants de leurs demandes

- Le STO.

B. La Résistance

1. La mémoire gaulliste.

- la France résistante = mythe développé par le Général De Gaulle. L'appel du 18 juin 1940 qui appel à la Résistance.

on = - la Résistance active : explosions d'infrastructures, les maquis.
- écouter la BBC
- lire les journaux de la Résistance : Libération, Combat.
- retarder les lettres de mauvaises nouvelles.
- peindre des "V" dans Londres. (petite Résistance).

Plutôt "de dénonciation" pour aider les gens pourchassés à échapper.

À Londres, on n'aurait rien risqué. On le fait en France occupée

– Jean Moulin = un modèle de la Résistance.
a réunit la Résistance, et créé le Conseil de la Résistance.

B

2. La mémoire communiste.
pour eux, la Résistance est un événement populaire, parti des « 75000 fusillés »
les élites ayant trahi.

C. Les mémoires sur la défensive.
ce sont les mémoires des victimes =
- déportés (politiques, raciaux ...)
- prisonniers de guerre.
- les « Malgré-nous »
mémoires douloureuses ; difficile pour eux d'en parler ; sont des témoins.

Chacun donne une version différente de l'autre, on ne sait laquelle est la vraie version. Seul le travail de l'historien peut rectifier les opinions pour en donner une version officielle, qui

Mal dit
1/1

Non ! L'Histoire ne donne pas une version officielle.

~~constituera~~ alors l'Histoire.

Pas de futur dans un devoir d'Histoire.

III - Grâce à quels éléments l'historien donne-t-il sa version officielle.

A - L'importance du retour à la mémoire pour les historiens.

– Les commémorations. qui sont parfois de très grands évènements organisés, comme le 70e anniversaire du débarquement (le 6 juin 1944), l'année dernière (présidents et chefs d'État de plusieurs pays ayant joué un grand rôle durant la guerre se sont rendus sur les plages de Normandie...).

Commémorations sous plusieurs formes: plaques, monuments, évènements, cinéma.

elles permettent de faire parler les victimes de la guerre. permettent donc de recueillir de nouveaux témoignages ~~qui serviront~~ pour servir à rétablir l'Histoire.

→ l'importance de la mémoire juive.

B. L'accès aux archives.

On a longtemps pas eu accès à toutes les archives par exemple, celles de l'URSS étaient protégées, idem pour les archives allemandes. Ainsi les historiens comme Henry Michel ont souvent écrit l'Histoire grâce à des déductions, et se fiaient à leurs intuitions.

De plus, il faut maîtriser la lecture de l'Allemand.

R. Paxton = historien américain: premier à avoir eu accès aux archives allemandes.

Archives très importantes pour établir version officielle de l'Histoire.

C. Les grands procès.

- les procès de Nuremberg
- le procès d'Ouradour-sur-Glane.
- le procès de Klaus Barbie
- celui de Paul Touvier
- celui de Maurice Papon.

Chronologie

5/5

sont tous des évènements qui ont permis de recueillir de nouveaux témoignages et d'établir des faits.

Les mémoires sont donc quelque chose de plutôt subjectif, moyennant un point de vue. Elles peuvent diviser certaines personnes, voire un pays, et d'une certaine manière créer le conflit. Il existe partout des avis divergents, sur tous les sujets, mais lorsqu'il s'agit de l'Histoire il faut être précis et clair. Ainsi, on note l'importance du rôle des historiens qui rétablissent la vérité. Par exemple, lorsque R. Paxton a eu accès aux archives allemandes, il a écrit un livre « La France ~~collaboratrice~~ de Vichy », qui nous apprend donc que le gouvernement de Vichy, avec Pétain qui était censé protéger la France, était en réalité un vrai gouvernement de collaboration.

La version de l'Histoire ~~est~~ sont sans cesse réétudiée, puisque les historiens découvrent toujours de nouvelles choses, qui permettent de faire la lumière sur certains évènements. Les générations prochaines seront enseignées la version officielle.

Que veux-tu dire ?

Ils essaient de le faire.

de Vichy

Attention ! Une version officielle n'est pas forcément la vérité.

Vague

COPIES 4-5

2,5/3

Il a fallu longtemps pour rétablir la vérité de la Seconde Guerre mondiale. Mais quant aux conflits actuels, comme le conflit israélo-palestinien, qu'en est-il ? Quelle ~~sera~~ la version officielle, historique, inscrite dans l'Histoire de cet événement actuel ?

Bien pour l'ouverture

APPRÉCIATION DE LA COPIE 5

Un excellent travail. Malgré quelques imprécisions et erreurs de détail, le sujet est bien compris et traité. Il te sera facile de développer une composition à partir de ce travail.

NOTE DE LA COPIE

11/12 soit l'équivalent de 18,33 (2, 5/3 pour l'introduction, 1/1 pour les transitions, 2,5/3 pour la conclusion, 5/5 pour le plan)

COMMENTAIRE DÉTAILLÉ

CE QUI EST BIEN

- L'introduction présente bien le sujet et n'omet pas la citation proposée.
- La forme est correcte : trois parties et deux transitions.
- Les différentes mémoires de la Seconde Guerre mondiale sont connues.
- Les quatre phases de la mémoire analysées par Henri Rousso sont définies.
- L'expression « devoir de mémoire » est critiquée.
- Connaissance du « mythe résistancialiste ».
- Le problème de l'utilisation des archives est expliqué.
- Les noms des pionniers de l'histoire de Vichy, Henri Michel et Robert Paxton, sont bien cités.
- Les noms des grands procès sont connus.

CE QUI DOIT ÊTRE CORRIGÉ

- Il y avait le choix entre deux sujets de composition. Indiquer le sujet choisi n'est pas seulement une courtoisie envers le lecteur mais, en écrivant un sujet, on le fixe dans sa mémoire et on évite certaines erreurs, notamment le hors-sujet.
- Le plan n'est pas annoncé clairement à la fin de l'introduction.
- Il y a des fautes d'orthographe.
- On trouve des fautes de vocabulaire. Par exemple, l'élève a confondu amnésie et amnistie.
- L'élève schématise, confondant la collaboration (politique d'acquiescement visant à s'attirer la bienveillance de l'occupant) et le collaborationnisme (l'adhésion aux idées des nazis).
- La première transition est trop longue.
- Erreur sur la « campagne des V »
- Le titre de l'ouvrage de Robert Paxton est faux. Il s'agit de « La France de Vichy » et non de « La France collaboratrice ».
- Le futur est un temps « interdit » en Histoire, y compris dans la conclusion. L'Histoire s'écrit au présent historique – moins dangereux car on risque moins les fautes de conjugaison – ou au passé.

CE QUI DOIT ÊTRE APPROFONDI

- La notion d'un Histoire disant la vérité et en donnant une « version officielle » est à reconsidérer. L'historien essaie d'être honnête mais n'est pas à l'abri d'erreurs et d'approximations, voire de contresens. Il dépend de ses sources. Seul un État totalitaire donne une « version officielle » de l'Histoire.

EXPLICATION CRITIQUE DE DOCUMENT

Programme du Parti communiste allemand rédigé par Rosa Luxemburg et publié dans le journal spartakiste« Die rote Fahne » (« Le drapeau rouge ») le 14 décembre 1918. Le texte est adopté à l'unanimité par le Congrès qui fonde le Parti communiste allemand le 31 décembre 1918.

En quoi ce texte est-il caractéristique de l'idéologie socialiste ?

« […] La guerre mondiale a placé la société allemande devant l'alternative suivante : ou bien maintien du capitalisme, avec de nouvelles guerres et un rapide effondrement dans le chaos et l'anarchie ou bien abolition de l'exploitation capitaliste.

Avec la fin de la guerre mondiale, la bourgeoisie et sa domination de classe ont perdu tout droit à l'existence. La bourgeoisie n'est plus en mesure de tirer la société du terrible chaos économique que l'orgie impérialiste a laissée après elle.

Dans des proportions énormes, des moyens de production ont été anéantis ; des millions d'ouvriers, les meilleures cohortes et les plus actives de la classe ouvrière, ont été massacrés. Lorsque ceux qui sont restés en vie rentrent dans leurs foyers, ils voient devant eux le visage grimaçant du chômage, de la famine et des maladies qui menacent d'anéantir jusqu'à la racine la force populaire. Le fardeau énorme des dettes de guerre rend inéluctable la banqueroute financière de l'État.

Pour échapper à cette confusion sanglante, pour ne pas choir dans cet abîme béant, il n'existe d'autre recours, d'autre issue, d'autre salut que le socialisme. Seule la révolution mondiale du prolétariat peut mettre de l'ordre dans ce chaos, donner à tous du travail et du pain, mettre un terme au déchirement réciproque des peuples, apporter à l'humanité écorchée la paix, la liberté et une civilisation véritable. À bas le salariat ! Tel est le mot d'ordre de l'heure : au travail salarié et à la domination de classe doit se substituer le travail coopérateur, les moyens de travail ne doivent plus être le monopole d'une classe mais devenir le bien commun de tous. Plus d'exploiteurs ni d'exploités ! Réglementation de la production et répartition des produits dans l'intérêt de tous ; suppression à la fois du mode de production actuel, de l'exploitation et du pillage et aussi du commerce actuel qui n'est qu'escroquerie […] »

CONSIGNES ET CONDITIONS

En deux heures, ce devoir sur table devait présenter le plan élaboré d'une analyse critique de document en Histoire notée sur 12 et une analyse critique de document plus rapide en Géographie notée sur 8.

Il fallait rédiger entièrement :

- l'introduction (sur trois points),
- la ou les transition(s) (sur un point)
- la conclusion (sur trois points).

Le corps de l'explication devait prendre la forme d'un plan détaillé.

Le sujet se rattache au thème 2 du programme : « Idéologies et opinions en Europe de la fin du XIXe siècle à nos jours. Socialisme, communisme et syndicalisme en Allemagne depuis 1875 ».

Deux copies différentes sont présentées.

COPIE 6

Compagnon

Ce texte est un extrait du Programme du Parti communiste allemand. Il a été rédigé par Rosa Luxembourg, qui a fondé le parti avec son ~~mari~~ Karl Liebknecht. Ce programme date du 14 décembre 1918, un mois à peine après l'armistice franco-~~germanique~~ allemande, et il est adopté par le Congrès de fondation du Parti communiste (KPD), le 31 décembre, pendant la République de Weimar.

En quoi ce texte caractérise-t-il l'idéologie socialiste ?

Ce programme s'adresse à une partie spécifique de la population ; est teinté de l'idéologie marxiste et révèle le penchant révolutionnaire du Parti.

I) Un programme qui s'adresse au peuple.

1) Rosa Luxembourg s'adresse aux ouvriers notamment l. 10 « des millions d'ouvriers [...] ont été massacrés » alors qu'il n'y pas eu que des ouvriers massacrés. Elle parle « d'exploitation capitaliste » l. 3. « la bourgeoisie et sa domination » l. 5. Formules bien choisies pour plaire au peuple. l. 19 « donner à tous du travail et du pain » qui renvoie aux préoccupations de la classe ouvrière. l. 6-7 « La bourgeoisie n'est plus en mesure de tirer la société du terrible chaos économique que l'orgie impérialiste a laissé après elle » C'est la faute du capitalisme et de la bourgeoisie ; discours démagogique

et dicté.

2) La défaite de la guerre à cause des capitalistes et les futures retombées sur les travailleurs

l.12 "le visage grimaçant du chômage, de la famine et des maladies qui menace d'anéantir jusqu'à la racine de la force populaire". La guerre va avoir des effets néfastes sur les conditions de vie des ouvriers qui rentrent de la guerre déjà épuisés.

Pas de futur, en Histoire, tout est passé.

l.14-15 "le fardeau énorme des dettes de guerre rend inéluctable la banqueroute financière de l'État". Prémices du traité de Versailles. Les capitalistes vont ruiner l'État et aggraver le "chaos économique" (l.7). Il n'y a que deux solutions après la guerre l.2-5 "un maintien du capitalisme avec de nouvelles guerres [...] ou bien abolition de l'exploitation capitaliste". La guerre est un prétexte pour passer à un changement ; elle est instrumentalisée, le but est d'ancrer le capitalisme profondément dans cette société détruite.

II) L'idéologie marxiste.

1) Les massacres du capitalisme.

Les capitalistes sont responsables de la guerre : "le chaos économique que l'orgie impérialiste a laissé après elle" (l.7-9). Les formules choisies par Rosa Luxembourg renvoient aux thèses de Marx et d'Engels dans "le Capital" et "le Manifeste du Parti communiste" (1848). Les capitalistes exploitent les prolétaires selon lui. Il y a un "déchirement réciproque des peuples" ; une "domination de classe" (l.20 ; l.22).

Chronologie ? ?

2) La Révolution prolétarienne

Pour sortir de sa condition ; le peuple doit se révolter. l.16 à 17 : "Il n'existe d'autre recours, d'autre issue, d'autre salut que le socialisme" et "seule la révolution mondiale du prolétariat peut mettre de l'ordre dans ce chaos" (l.18-19). Le socialisme est la dictature du prolétariat selon Marx ; et c'est l'idéologie de Marx qui est le fondement du socialisme. Pour sortir de cette situation désastreuse, engendrée par le capitalisme ; il faut une dictature socialiste du prolétariat. l. 22 à 24 : « au travail salarié et à la domination de classe doit se substituer le travail coopérateur ; les moyens de travail ne doivent plus être le monopole d'une classe, mais devenir le bien commun de tous ». L'idéologie marxiste est présente dans tout le texte. À la fin du programme, il y a une proposition d'actions concrètes (l. 25 à 28).

II) La tendance révolutionnaire

1) La façon de présenter les choses.

Il y a beaucoup d'exclamations ; « A bas le salariat ! » « Plus d'exploiteurs ni d'exploités ! » (l. 21, l. 25). Rosa Luxembourg veut galvaniser le peuple par la « révolution mondiale du prolétariat » (l. 18). La tendance révolutionnaire est bien présente de par la solution radicale qu'elle propose et par la critique exacerbée du capitalisme, de « l'exploitation capitaliste » (l. 3-4). La Révolution doit s'accompagner d'un changement du mode de production. Les formules utilisées sont particulières ; galvanisation du peuple ; réveil de l'opposition ; elle veut plaire par convaincre.

0

✓

2) Cette tendance révolutionnaire est présente depuis la fondation du socialisme et s'oppose au révisionnisme de Bernstein, qui veut un changement en douceur. Déjà avant la guerre, la séparation entre les deux tendances du socialisme est forte et elle s'accentue encore après la guerre avec la défaite. La création du parti communiste par ce programme montre la scission radicale qui est en train de s'opérer au sein du parti socialiste. Le KPD est un parti révolutionnaire qui ~~[illegible]~~ tend de plus en plus vers le communisme.

B /

Scission

Le Programme du Parti communiste allemand est donc un parti qui s'adresse au peuple ; notamment aux ouvriers en parlant de la défaite et de ses conséquences. De plus, il se fonde sur l'idéologie marxiste qui critique assidûment le capitalisme et pousse à la Révolution prolétarienne. Enfin, la tendance révolutionnaire est présente

Pas d'apostrophe à la fin d'une ligne.

assidûment

dans ce texte avec un discours galvanisateur ; qui n'est que l'aboutissement d'une séparation déjà présente depuis le début du socialisme. Le Parti communiste allemand est un parti d'opposition qui mène en janvier 1919 une tentative de Révolution qui échoue. Ce Programme laisse déjà entrevoir cette mobilisation.

COPIES 6-7

APPRÉCIATION DE LA COPIE 6

Un excellent travail, fin et construit.

NOTE DE LA COPIE

12/12

COMMENTAIRE DÉTAILLÉ

CE QUI EST BIEN

- Dès l'introduction, le contexte est bien posé, avec évocation de l'armistice et de la République de Weimar.
- Un plan très construit, en trois parties, avec deux sous-parties chacune.

  I. Un programme qui s'adresse au peuple
  1. Rosa Luxemburg s'adresse aux ouvriers notamment
  2. La défaite de la guerre à cause des capitalistes et les futures retombées sur les travailleurs

  II. L'idéologie marxiste
  1. Les massacres du capitalisme
  2. La révolution prolétarienne

  III. La tendance révolutionnaire
  1. La façon de présenter les choses
  2. Cette tendance révolutionnaire est présente dès la fondation du socialisme.
- La conclusion place le texte dans le temps, un mois avant la semaine rouge mais aussi dans l'histoire du parti socialiste allemand.
- Le texte est cité.
- Des connaissances précises. Le nom de Karl Liebknecht est cité. Les théories de Bernstein sont connues. Les titres des ouvrages de Marx et Engels sont cités, mais dans un mauvais ordre chronologique.

CE QUI DOIT ÊTRE CORRIGÉ

- L'écriture, souvent difficile à lire.
- L'utilisation du futur, temps « interdit » en Histoire. On écrit au présent historique ou au passé.
- La ponctuation est souvent curieuse avec abus de points-virgules.
- L'utilisation d'apostrophes en fin de ligne. On coupe un mot à la syllabe.
- Quelques fautes d'orthographe ; des accords oubliés et des mots mal orthographiés (scission).

CE QUI DOIT ÊTRE APPROFONDI

- Il y a peut-être un peu trop de citations, ce qui arrête la lecture, en la « hachant ». Il faut travailler l'équilibre entre la citation et l'explication.

COPIE 7

Ce document est un texte de Rosa Luxemburg publié dans « Die rote Fahne » (« le drapeau rouge »), un journal spartakiste allemand, le 14 décembre 1918. Ce texte constitue les fondements du programme du parti communiste allemand : il est adopté lors du congrès de fondation du Parti communiste le 31 décembre 1918 (le KPD). Rosa Luxemburg, avec Karl Liebknecht, représente la pensée socialiste révolutionnaire dans un contexte où le socialisme allemand est divisé en deux grands mouvements de pensée : le socialisme révolutionnaire et le réformisme, initié par Bernstein. La Première Guerre mondiale, qui s'achève le 11 novembre 1918, marque une rupture concrète entre socialisme révolutionnaire et réformisme avec la naissance du KPD. Malgré cela, le parti communiste soutient et défend l'idéologie socialiste traditionnelle.

En quoi ce texte est-il caractéristique de l'idéologie socialiste ?

Ce texte puise son inspiration dans les fondements

du Marxisme, la source du socialisme allemand et Rosa Luxemburg défend ici des valeurs sociales égalitaires fondée sur une idée de partage et de communisme.

Attention au sens du mot.

Très bonne introduction.

I. Ce texte s'inspire de l'idéologie de Karl Marx, et d'Engels.

1) Affirmation d'une domination bourgeoise sur la classe ouvrière.

Théorie de Marx sur l'existence d'une société partagées entre les "dominants" (les bourgeois) et les "dominés" (les travailleurs) là reprise par Luxemburg avec l'idée de "domination de classe" et d'une relation "d'exploiteurs/exploités".

2) Idée d'une révolution prolétarienne contre ce système de classe.

Marx défend la révolut° du prolétariat pour l'installat° d'une dictature prolétarienne et renversement des classes.

Idée de lutte des classes repris ds le texte. Exhortation à une "révolution mondiale du prolétariat".

Attention. En Histoire, on cite puis on explique.

3) Une idéologie anticapitaliste

Dénonciat° du système capitaliste qui conduirait au "chaos" et à "l'anarchie". Volonté "d'abolition de l'exploitation capitaliste"

II. Ce texte est porteur de valeurs sociales égalitaires fondées sur une société de partage et le communisme.

1) Volonté d'effacer les inégalités sociales et la hiérarchisation sociale
Idée d'égalité entre les individus et de non-différenciation par le statut social propre à ~~aux~~ l'idéologie socialiste
Idée de ne plus avoir de "monopole des classes", "A bas le salariat".

2) Transmission de valeurs communistes
Notamment en ce qui concerne le travail avec un "travail coopérateur". ~~[illegible]~~
Le travail doit être une tâche collective et devenir le "lien commun de tous".
Mal dit Idée que le travail doit résulter d'un intérêt général.
~~+ Volonté de répartition des biens et de "réglementation de la production".~~

3) Les valeurs socialistes sont applicables à l'économie.
Optique de prospérité et d'harmonisation de l'économie ≠ "chômage, famines" et "banqueroute financière" introduites par le système capitaliste.
Volonté de réformer le mode de production
accaparement capitaliste pour éviter l'accaparation des biens par certains individus, et échapper aux

COPIES 6-7

défaillances du marché capitaliste.
"Réglementation de la production" ①
"répartition des produits ds l'intérêt de tous"

Pour conclure, ce texte est ~~porteur~~ caractéristique de l'idéologie socialiste d'une part pour ses inspirations Marxistes, et d'autre part par l'exhortation à l'application des valeurs égalitaires du système socialiste dont il est porteur.

Magiscule mal utilisée

Cependant, l'idéologie socialiste dont il est le témoin se réfère plus particulièrement au socialisme révolutionnaire défendu par Rosa Luxemburg, et n'est pas propre au réformisme dont la volonté est d'acquérir le pouvoir par l'éducation et la démocratie. Ainsi, il montre également la césure existante dans le socialisme allemand qui persiste jusqu'au XXième siècle

//

APPRÉCIATION DE LA COPIE 7

Excellent. Très bien compris et expliqué.

NOTE DE LA COPIE

12/12

COMMENTAIRE DÉTAILLÉ

CE QUI EST BIEN

- Une très bonne introduction qui éclaire ce qu'est le document et son contexte historique.
- La connaissance des tendances au sein du parti socialiste et des divergences entre les réformistes (Bernstein est cité) et les révolutionnaires (Liebknecht n'est pas oublié).
- Un plan construit : deux parties avec chacune trois sous-parties

  I. Ce texte s'inspire de l'idéologie de Karl Marx et d'Engels

  1. Estimation d'une domination bourgeoise sur la classe ouvrière
  2. Idée d'une révolution prolétarienne contre ce système de classe
  3. Une idéologie anticapitaliste

  II. Ce texte est porteur de valeurs sociales égalitaires fondées sur une société de partage et le communisme

  1. Volonté d'effacer les inégalités sociales et la hiérarchie sociale
  2. Transmission de valeurs communistes
  3. Les valeurs socialistes sont applicables à l'économie
- Ouverture de la conclusion montrant la scission qui dure jusqu'à nos jours entre réformistes et révolutionnaires.

CE QUI DOIT ÊTRE CORRIGÉ

- Il vaudrait mieux citer le document avant de l'expliquer.
- L'utilisation d'abréviation, à proscrire sauf en prenant ses notes de cours.
- Ne pas inventer de mots : écrire « accaparement » et non « accaparation ». Si l'on n'est pas sûr du mot, il vaut mieux utiliser une périphrase.
- Attention à l'utilisation des majuscules. On ne met une majuscule aux adjectifs que s'ils précèdent un nom commun – exemple de la Première Guerre mondiale – ou s'ils sont substantivés, devenant des noms propres – exemple : un Français mais un soldat français. Il ne faut donc pas écrire « son inspiration Marxiste » mais « son inspiration marxiste ».
- La conclusion est un peu vague et trop générale.

CE QUI DOIT ÊTRE APPROFONDI

- Si on écrit Karl Marx, on peut écrire Friedrich Engels. Ne pas oublier d'apprendre les prénoms des personnages historiques. Si on ne les connaît pas, il ne faut surtout pas « inventer ».
- Attention au sens précis du mot communisme.

COMPOSITION RÉDIGÉE EN DEUX HEURES

SOCIALISME ET COMMUNISME EN ALLEMAGNE DE 1875 À LA SECONDE GUERRE MONDIALE.

CONSIGNES ET CONDITIONS

Devoir sur table en trois heures comprenant le sujet d'Histoire sur 12 points. Il fallait rédiger entièrement :

- l'introduction (sur trois points),
- la ou les transition(s) (sur un point)
- la conclusion (sur trois points).

Le corps de la composition devait prendre la forme d'un plan détaillé.

Le devoir comprenait une analyse critique de document sur 8 points.

Le sujet se rattache au thème 2 du programme : « Idéologies et opinions en Europe de la fin du XIXe siècle à nos jours. Socialisme, communisme et syndicalisme en Allemagne depuis 1875 ».

Deux copies ont été retenues.

Socialisme et communisme en Allemagne de 1875 à la Seconde Guerre mondiale.

À la suite de
~~Suite à~~ la Première Révolution industrielle (celle de la machine à vapeur) puis de la seconde (celle du pétrole et de l'électricité), on assiste à une mutation de la population Allemande. En effet, on voit la naissance d'un monde ouvrier pour répondre aux besoins dans le textile, le charbon ou encore la sidérurgie. L'Allemagne est devenue un pays très dynamique suite aux révolution industrielles et compte désormais de grande régions industrielle comme la Rurh, la Sarre ou encore la Saxe.

Pas de majuscule, ici.

Ruhr

B ✓

L'Allemagne est donc une puissance capable de concurrencer l'Angleterre. Mais les ouvriers, eux, vivent dans des conditions effroyables et ne bénéficient pas de droits. Il est alors fréquents de voir des jeunes enfants mutilés à cause du travail dangereux qu'ils pratiquent, ou alors de voir des mères laisser leurs enfants seuls pendant qu'elles travaillent. C'est cette injustice qui a ~~amen~~ amenés le premier mouvement socialiste en Allemagne. En 1863, l'unité générale des ouvriers Allemands voit le jour sous l'impulsion de F. Lassalle. Cependant, il est important de comprendre

Mal dit

1863

N'utilise pas le futur en Histoire

qui, suite à la création de ce premier parti socialisme, il y a eu une divergence de la pensée au sein du parti, qui dut également faire face à de nombreux freins aussi bien à l'intérieur qu'à l'extérieur du parti qui se soldèrent par une division totale du socialisme.

3/3

I - Une différente vision du socialisme.

1) Les réformistes : F. Lassalle était un réformiste. Lorsqu'il créa l'union générale des ouvriers Allemands (1863) il appliqua ses principes (création de syndicats...)
Les réformistes pensaient qu'il fallait que le socialisme s'impose grâce au suffrage universel.

Il aurait été bien de citer Bernstein.

2) Les révolutionnaires : Bebel ou encore W. Liebknecht pensaient que le socialiste devait s'imposer par la force et qu'il fallait tuer les gens importants
(Dès 1869 ils avaient créé le Parti Social démocrate des Ouvriers)

3) Le rassemblement : C'est sous l'impulsion de W. Liebknecht que le rassemblement des deux courants différents du socialisme eut lieu. Il pensait que cette division ne pouvait qu'affaiblir le socialisme.
→ 1875 : Congrès de Gotha.
Le parti devient le parti socialiste démocrate des ouvriers Allemands.

qui

Attention aux dates (XIXe siècle)

A la suite de cette unification entre les réformistes et les révolutionnistes, le parti prend une place de plus en plus importante dans la vie du pays. Cependant, le parti va se retrouver fragilisé aussi bien par des détracteurs du socialisme que par des membres du parti.

?

Pas de futur historique. En Histoire, tout est passé.

II- Les freins au socialisme

Tu veux écrire "chancelier de longue date"

1) L'intervention de Bismark: Chancelier, Bismark voit d'un mauvais oeil l'essor du socialisme en Allemagne. Il décide donc en 1878 d'interdire le parti. Mais à la suite du mécontentement du peuple, il procède à des réformes, qui vont placer l'Allemagne bien en avance par rapport aux autres pays d'Europe ß
(1883: Assurance maladie, 1889: assurance pour l'invalidité et la veillesse.)
→ puis il est renvoyé et le parti est à nouveau autorisé

Il est très adroit de réaliser le programme de ses adversaires.

Vieillesse

On ne se fait pas renvoyer, tuer, etc. On l'est.

2) Union sacrée: Suite au début de la Première Guerre mondiale, les socialistes (réformistes) acceptent de participer au gouvernement et les députés socialistes votent les crédits de guerre au nom de l'Union sacrée (contre les principes de l'internationale) → Rupture avec le Marxisme (Marx est mort depuis longtemps)

3) Séparation des révolutionistes: En 1917, les socialistes révolutionnaires opposés à l'union sacrée forment le parti social-démocrate indépendant. (R. Luxemburg, K. Liebknecht).
→

~~Les~~ div

A la Suite ~~de~~ la Première Guerre mondiale, les divergences de pensées refont surface malgré l'unification de 1875.
1/1 Cette fois ci, on assiste à une division totale du parti socialiste qui ~~aura~~ aura par la suite de lourdes conséquences sur l'Allemagne

III- Division totale du socialisme

à la Révolution d'Octobre 1917

1) La création du Parti communisme: Suite à l'essor du ??? communisme en Russie, un parti communiste se crée en Allemagne en 1917 (sous l'impulsion de R. Luxembourg). Ils s'appellent les Spartakistes et cherchent à faire la révolution.

→ Ils seront sévèrement réprimés par les socialistes entrés au gouvernement qui à cette époque négociaient le "diktat" de Versailles.
C'est la "semaine sanglante"; communistes et socialistes sont à présent ennemis.

fois que s'installe une

2) La République de Weimar: C'est la 1ère démocratie de en Allemagne. Le parti principal est constitué d'une
Coalition coalition entre socialistes, libéraux et le parti catholique.
→ La République de Weimar est impopulaire, le chômage est fort, le pays n'arrive pas à se relever à cause du "diktat".

2 Histoire

3) Arrivée d'Hitler : Bien que les communistes et les socialistes ~~luttaient~~ aient lutté contre le nazisme, leurs différents étaient trop importants et ils n'ont jamais ~~pu~~ s'unir → (Staline ~~disaient~~ aux communistes allemands que leurs ennemis étaient les socialistes et ~~pas~~ non les nazis).

En Janvier 1933 Hitler arrive ~~donc~~ au pouvoir

Juillet 1933 : Interdiction du parti communisme (prétexte de l'incendie du Reichstag) puis de tous les partis. — Reichstag

1934 : Référendum : Hitler devient le ~~führer~~ Führer (chancelier + chef de l'Etat) — 4,5/5

~~→ Les opposant étai~~ (Les noms communs prennent une majuscule en allemand).

La division (totale) du parti socialiste a ~~ma~~ donné lieu à un déclin (total) du droit des ouvriers. Ils n'avaient plus de droit et n'osaient pas manifester leur mécontentement à cause de mesures telles que la responsabilité familiale en matière pénale. Ils étaient ~~oppressés~~ opprimés — TB !

De plus, les opposants au régime nazi qui n'avaient pas pu fuir se retrouvaient dans des camps.

Le manque d'entente entre les socialistes et les communistes a donc favorisé l'essor du parti Nazi — 2/3

Il manque une ouverture

Oppressé = qui a du mal à respirer

≠ Opprimé = qui subit des abus d'autorité

COPIES 8-9

APPRÉCIATION DE LA COPIE 8

Très bien pour l'introduction. Bien pour le plan. Très bon travail dans l'ensemble.

NOTE DE LA COPIE

10,5/12 (introduction : 3/3, transitions : 1/1, conclusion : 2/3, développement : 4,5/5)

COMMENTAIRE DÉTAILLÉ

CE QUI EST BIEN

- L'introduction replace la question dans la perspective plus large des Révolutions industrielles et de l'augmentation du nombre d'ouvriers. Elle montre une Allemagne concurrente du Royaume-Uni. Les régions industrielles comme la Ruhr et la Sarre sont connues.
- Le plan est introduit par une phrase-plan, un peu maladroite cependant.
- Le plan est organisé en trois parties avec trois sous-parties :

  I. Une différente vision du socialisme

  A. Les réformistes

  B. Les révolutionnaires

  C. Le rassemblement

  II. Les freins du socialisme

  A. L'intervention de Bismarck

  B. L'Union sacrée

  C. Séparation des révolutionnaires

  III. Division totale du socialisme

  A. La création du parti communiste

  B. La République de Weimar

  C. L'arrivée d'Hitler

- Les deux transitions sont correctes.
- La conclusion est correcte mais il n'y a pas vraiment d'ouverture.
- Très bien sur l'idée que, dans l'Allemagne nazie, la responsabilité pénale n'est pas individuelle mais familiale.
- Une idée claire du problème et des divisions à l'intérieur du socialisme allemand.
- Beaucoup de noms cités (Lassalle, Bebel, Wilhelm Liebknecht, Karl Liebknecht, Rosa Luxemburg).

Ce qui doit être corrigé

- Attention au sens des mots. « Ancien chancelier » signifierait que Bismarck n'est plus chancelier. Il faut écrire, par exemple, « chancelier de longue date ».
- Le mot « révolutioniste », qui s'écrirait d'ailleurs plutôt avec deux n, n'existe pas.
- On ne peut pas écrire « Les ouvriers étaient oppressés » (c'est-à-dire qu'ils auraient eu du mal à respirer) mais plutôt qu'ils étaient « opprimés », en subissant des abus d'autorité.
- Attention aux erreurs de dates (des confusions entre les années 1800 et 1900).
- Si l'on cite le nom d'un personnage historique mort, on peut donner uniquement son nom ou son prénom et son nom. Il vaut mieux éviter de donner l'initiale de son nom.
- Il ne faut pas employer le futur historique, y compris dans la conclusion. L'Histoire s'arrête au moment où l'on écrit et on ne fait pas de prédiction. En règle générale, attention aux conjugaisons.
- Attention à l'orthographe des noms propres (Lassalle, Bebel, Liebknecht, Reichstag…). Elle doit être apprise.
- Attention à l'utilisation des majuscules. Il faut mettre une majuscule aux noms communs allemands comme Diktat, Führer…
- Attention à la chronologie. Il y a une rupture avec le marxisme et non avec Marx.
- On ne peut pas écrire « suite à l'essor du communisme en Russie ». Il serait plus juste de parler de Révolution d'Octobre et de l'arrivée de Lénine au pouvoir. La Russie n'est pas un pays qui est arrivé au dernier stade de Marx, le communisme. D'ailleurs, la Russie devient l'URSS, c'est-à-dire l'Union des Républiques socialistes soviétiques.
- Il aurait été bien de citer Bernstein.

Ce qui doit être approfondi

- La forme, c'est-à-dire l'orthographe et les conjugaisons.

COPIE 9

Introduction :

Au XIXème siècle, l'Europe entre dans deux révolutions industrielles fondées sur l'utilisation de nouvelles énergies. Tout d'abord, la première Révolution industrielle prend sa source dans l'utilisation de la vapeur de charbon que James Watt en Angleterre et Denis Papin en France, adaptent aux industries métallurgiques, textiles et aux transports comme les navires à vapeur (steamers) et les chemins de fer. La deuxième Révolution industrielle débute avec la découverte de l'utilisation du pétrole (avec la création des moteurs à explosion à l'essence notamment) et de l'électricité. L'Allemagne est un des leaders de ces révolutions industrielles, elle produit beaucoup de charbon, domine le secteur de la construction électrique avec Siemens et possède une industrie chimique ~~et la~~ de pointe (avec notamment l'entreprise Bayer qui invente l'aspirine). Cette forte industrialisation entraîne l'apparition d'un monde ouvrier très exploité qui vit dans des conditions déplorables (logements insalubres, etc) et donc la naissance du socialisme et du communisme. Ces théories viennent de deux penseurs du XIXe siècle, Karl Marx et (F) Engels dont l'idée est que le monde connaît une lutte des classes entre les capitalistes qui détiennent les moyens de production et les prolétaires qui par définition, ne possèdent que leurs enfants. Dans leurs livres, Le manifeste du parti communiste (1848) et Le Capital, ils préconisent une révolution puis une dictature du prolétariat afin d'arriver à une société sans classes sociales. De quelle manière ont évolué les relations entre socialistes et communistes en Allemagne entre 1875 et 1939 (le socialisme et le communisme étant les

Marginal annotations: « Non ! » (beside "découverte"); « de » (beside "pointe"); « Friedrich » (beside "F").

2,5/3

deux courants de pensées issus des thèses de Marx et Engels) ?
Si ces deux mouvements ont un jour collaboré (fal dit), une division idéologique majeure les mena à la division.

I. Collaboration pour la réalisation de leurs idéaux entre 1875 et 1914 :

A. Début de division sur le moyen à adopter pour parvenir à un projet commun : pionnier allemand du socialisme : ~~Frédéric~~ Ferdinand Lasalle, un pacifique qui croit au suffrage universel, idée qu'on ~~arrivera~~ peut arriver à changer la société en votant, en discutant, par la démocratie. Crée "Union générale allemande" des ouvriers en 1863 : ADAV.

Pas de futur historique. En Histoire, tout est passé.

Auguste Bebel et Wilhelm Liebknecht ne sont pas d'accord, la force est le seul moyen de parvenir à une société sans classe. Ils créent le SDAP en 1869 : le Parti social-démocrate des ouvriers.
=> 2 partis "socialistes en Allemagne" mais toujours un but commun => tentative de collaboration en 1864 avec la Ière Internationale (= réunions des partis socialistes du monde entier) dont les dérives l'emmènent à la disparition.

B. Union d'intérêt politique : leur but est commun, par conséquent, les deux partis se rapprochent sous l'influence de Liebknecht. Ils ne peuvent pas prendre le pouvoir s'ils sont désunis = division idéologique modérée mais union politique => Congrès ~~de~~ Gotha en 1875 : discussion houleuses mais : création d'un parti unifié : le parti socialiste des ouvriers allemands qui deviennent en 1890 : le parti social-démocrate d'Allemagne (SPD) (parti ~~dissolu~~ dissout en 1878 par Bismark qui voit la puissance du parti socialiste comme une menace pour ~~son~~ l'autorité de l'État. Il revient en 1890 quand Guillaume II envoie Bismark de son poste de chancelier).

C. Essor fulgurant du parti, stratégie d'unification payante :

1912 : 1 million d'adhérents au parti. Les intellectuels entrent au SPD, ce n'est plus seulement un parti d'ouvriers (c'est pourquoi le mot "ouvrier" n'apparait pas dans "SPD"). Le parti prend une place très importante dans la vie quotidienne : création de bibliothèques, de chorales, d'associations sportives, etc.

Bernstein — La division idéologique entre les révisionnistes qui veulent des réformes (théoricien = Bernstein) et les révolutionnaires qui veulent la révolution (Rosa Luxemburg & Karl Liebknecht) persistent mais est réfrénée dans l'intérêt de tous. En All = révisionnistes dominent. Cette division existe entre tous les partis socialistes du monde (les révolutionnaires sont d'extrême gauche ⇒ "communistes"). vague

Transition : Jusqu'en 1914, socialistes et communistes (qui n'existent pas encore) collaborent dans l'optique de la réalisation d'un projet commun : arriver à une société sans classes. Même si certains sujets comme la réalisation de ce projet font débats au sein même du parti, leur unité subsiste. Mais, en 1914, quand la Première Guerre mondiale éclate, leur division idéologique se mue en une lutte sanglante.

1/1

II. Scission définitive entre socialistes et communistes :

A. Création d'un parti dissident, le KPD :

Avant 1914, on pensait que le parti socialiste était pacifique et qu'il ne participerait pas à la guerre. Finalement = patriotisme l'emporte et les socialistes modérés (à la tête du parti) acceptent de participer au gouvernement d'Union Sacrée (union de tous les partis politiques d'Allemagne) et dans les autres pays

votent les crédits de guerre. Les socialistes extrémistes d'extrême gauche, menés par Rosa Luxembourg et son compagnon Karl Liebknecht créé un parti dissident, le KPD. (déc 1918)
Influencés par la révolution soviétique d'octobre 1917, ils profitent que l'Allemagne ait perdu la guerre et soit détruite pour organiser la révolution. Janvier 1919, ils se soulèvent (soulèvement armé) => "nous sommes des Spartakistes" (réf au gladiateur romain Spartacus qui organisa un soulèvement d'esclaves contre l'Empereur romain pendant l'Antiquité).
Rome

B. Création de la République de Weimar et scission définitive entre socialistes et communistes:

Députés socialistes modérés portés volontaires pour aller discuter avec les vainqueurs => il signent le traité de Versailles en janvier 1919 => rentrent ? à Weimar et fondent la République de Weimar. Ce nouveau pouvoir écrase les spartakistes dans le sang: "Semaine sanglante" en janvier 1919 => Scission définitive entre socialistes et communistes! => lutte entre les 2 partis (Staline arrive au pouvoir en 1928, allié des communistes allemands, il leur dit que les ennemis n°1 = socialistes et pas nazis). Leur division permet à Hitler d'arriver au pouvoir en janvier 1933 (⊕ République de Weimar déstabilisée par chômage, crise, inflation, etc).

Chronologie ?
juin
La "semaine sanglante" n'est pas une conséquence du Traité de Versailles puisqu'elle le précède.

C. Disparition des deux partis en Allemagne sous l'ordre d'Hitler:

Décembre 1933 : le Reichtag (parlement allemand) brûlé car SA (section d'assauts = police d'Hitler) manipule un jeune pyromane et l'incite à brûler le parlement => Hitler accuse les communistes et en profite pour interdire petit à petit tous les partis politiques => dirigeants politiques déportés. Mais Hitler

assez rapidement, en commençant par les Communistes

Terme inexact. Plutôt arrêtés, emprisonnés.

COPIES 8-9

met en place un équivalent du parti socialiste et du parti communiste pour pouvoir encadrer le monde ouvrier : "Front du travail" et "Travail dans la joie" (association qui amène les ouvriers en vacances, faire du sport, etc).

4,5/5

De plus, il crée beaucoup d'emplois avec la relance des entreprises, la reconstruction et l'armement de l'Allemagne.
=> Nazisme remplace les partis de gauche, à partir des années trente : ouvriers sont résignés au nazisme.

Conclusion :

Attention à la concordance des temps.

Ainsi, les partis de gauche, héritiers des pensées de Marx et d'Engels, ont essayé pendant un temps de collaborer pour arriver à leur but : une société sans classe sociale. ~~Malheureusement~~, leur division idéologique fut trop importante pour pouvoir être tue plus longtemps, la scission entre les deux partis éclata en 1917 avec la création du KPD, un parti communiste. De cette même scission vint leur déclin, car trop occupés à s'opposer, ils laissèrent le champ libre à Hitler et son parti. Cette relation conflictuelle entre les deux partis est toujours d'actualité. Pendant la Seconde Guerre mondiale qui suivit cette période, en France, les partis de gauche était des partis très résistants ("Partis des 75000 fusillés") car selon leur conception, les élites sociales étaient des collaborateurs alors que le peuple se devait d'être résistant. L'avènement du parti communiste arriva avec l'aire de puissance de l'URSS, les partis du monde entier sont gagnés par le communisme ("théorie des dominos") tandis que le socialisme est une alternative politique choisie par beaucoup de pays dans le monde.

Pas de jugement de valeur

Date ?

Non, ils ont lutté contre les nazis mais sans s'allier.

Un peu trop rapide

2,5/3

APPRÉCIATION DE LA COPIE 9

Bien pour l'introduction. Plan solide. Bien pour la conclusion. Très bon travail dans l'ensemble.

NOTE DE LA COPIE

10,5/12 soit l'équivalent de 17,5 (introduction : 2,5/3, transition : 1/1, conclusion : 2,5/3, développement : 4,5/5)

COMMENTAIRE DÉTAILLÉ

CE QUI EST BIEN

- L'introduction place bien le sujet dans son contexte, en expliquant ce que sont les deux Révolutions industrielles et l'industrialisation de l'Allemagne avec la naissance d'un monde ouvrier. L'élève présente rapidement les théories de Marx et d'Engels, cite « Le manifeste du parti communiste » et « Le Capital ».
- Présence d'une phrase-plan.
- Bien pour le plan, en deux parties avec, chacune, trois sous-parties :

  I. Collaboration pour la réalisation de leurs idéaux entre 1875 et 1914

  A. Début de division sur le moyen à adopter pour parvenir à un projet commun

  B. Union d'intérêt politique

  C. Essor fulgurant du parti, stratégie d'unification payante

  II. Scission définitive entre socialistes et communistes

  A. Création d'un parti dissident, le KPD

  B. Création de la République de Weimar et scission définitive entre socialistes et communistes

  C. Disparition des deux partis avec l'arrivée d'Hitler au pouvoir
- La transition est correcte.
- La conclusion est correcte.
- Citation de noms de firmes allemandes : Siemens, Bayer…
- L'ensemble de la question est clairement compris et bien expliqué.

CE QUI DOIT ÊTRE CORRIGÉ

- Attention, la problématique évoque les relations entre socialistes et communistes, ce qui est anachronique. Le sujet n'était pas « Socialistes et communistes » mais « Socialisme et communisme ».
- La phrase-plan est un peu rapide.
- Erreur sur le prénom de Lassalle (Ferdinand et non Frédéric)

COPIES 8-9

- Le futur ne doit pas être utilisé dans une copie d'Histoire. Il faut écrire au présent historique ou au passé simple, si on le maîtrise, en n'oubliant pas de respecter la concordance des temps.
- Attention à l'orthographe des noms propres, par exemple August Bebel, Wilhelm Liebknecht, Bernstein…
- Il s'agit du congrès « de » Gotha et non « du » Gotha (plaisanterie involontaire)
- Attention aux conjugaisons. On écrit « parti dissous » et non « parti dissolu », ce qui jette le doute sur la moralité de ce parti.
- Erreur de connaissance : il n'y a pas d'« association » s'appelant « le travail dans la joie » mais « La force par la joie » (« Kraft durch Freude »).
- Dans la conclusion, erreur de concordance des temps. On n'écrit pas… « les partis de gauche… ont essayé… leur division fut trop importante… »
- Il faut éviter les jugements de valeur. On n'écrit pas « heureusement » ou « malheureusement ».
- Attention aux erreurs de date, qui peuvent amener à des erreurs de raisonnement. Le traité de Versailles n'a pas été signé en janvier 1919 mais en juin de la même année et la « semaine sanglante » de janvier 1919 ne peut pas en être la conséquence. Le KPD n'a pas été fondé en 1917.

Ce qui doit être approfondi

- Les partis de gauche n'ont pas laissé « le champ libre à Hitler ». Au contraire, ils ont lutté contre les nazis mais sans s'allier.
- L'équilibre de la copie. L'introduction et la conclusion sont trop longues.
- L'ouverture est un peu confuse.

COMPOSITION

La puissance américaine dans le monde depuis 1945.

CONSIGNES ET CONDITIONS

En deux heures, sur table, il s'agissait de traiter le sujet en rédigeant entièrement :

- l'introduction,
- la ou les transition(s)
- la conclusion

Le corps de la copie devait être présenté sous la forme d'un plan très détaillé.

Le sujet se rattache au thème 3 du programme : « Puissances et tensions dans le monde de la fin de la Première Guerre mondiale à nos jours. Les États-Unis et le monde depuis les "14 points" du Président Wilson (1918) ».

0/

Introduction : Le 15 septembre 1945, l'Empereur japonais accepte la cessation des combats et, par ce biais, signe la fin de la Seconde Guerre mondiale. En sortant victorieux de la guerre du Pacifique, guerre longue et éprouvante, les États-Unis s'affirme^x comme la puissance mondiale en 1945. Pour ne pas rééditer les erreurs de la Première Guerre mondiale, le Président Franklin Delano Roosevelt crée, dès *(Schématique !)* février 1945 à Yalta, l'Organisation des Nations-Unies où les États-Unis occupent une place extrêmement importante en siégeant au Conseil de Sécurité aux côtés de Winston Churchill *(RU)* et Staline *(URSS)*. *(La)* Puissance *(est)* renforcée par les accords de Bretton Woods, qui, en 1944, font du dollar la monnaie des échanges internationaux. Ils combinent le "hard power" militaire et le "soft power" culturel. Les États-Unis, après 1945, sont-ils restés la première puissance mondiale incontestable ou sont-ils devenus une puissance contrastée ? Pendant la guerre froide qui dure de 1947 à 1991, la puissance des États-Unis s'affirme à travers son rapport avec l'URSS mais après l'explosion du bloc soviétique, le monde devient multipolaire et les États-Unis doivent s'y adapter.

Marge : Attention, États-Unis, au singulier en Anglais, est pluriel en Français — (l') — Chronologie — B/ — Problématique — Bien pour la phrase-plan.

I. La puissance des États-Unis s'affirme dans son rapport avec l'URSS.

A. Affirme la puissance militaire des États-Unis ou le "hard power".

Doctrine Truman du "containment" : veut endiguer la progression du communisme dans le monde, être un frein à la "théorie des dominos". Définition de George Kenan *(Kennan)* (n°2 de l'ambassade américaine à

COPIE 10

Moscou) : le "hard power" américain doit être une force contraire à l'expansion du communisme. De nombreuses crises montrent puissance militaire des Etats-Unis : • soutient du blocus de Berlin pendant 1 an (1948-1949) avec succès • guerre de Corée entre 1950 et 1953 • crise des missiles de Cuba gérée avec succès par le Président Kennedy en 1962 • n'hésitent pas à mener politique dure et à s'engager dans des conflits compliqués comme la guerre du Vietnam avec la formation des vietnamiens du (Sud) Sud en 1973 • Ronald Reagan ↗ armement après son élection en 1980.

Le conflit est "vietnamisé" en 1973.

B. Affirmer puissance culturelle américaine ou "soft power".

Plan Marshall dès 1947 distribué aux pays détruits en échange de la diffusion du modèle américain => films américains au cinéma en France (quotas) => impérialisme culturel. Se pose en défenseurs des libertés et contraire de l'URSS (mur de Berlin en 1961) => "Ich Bin ein Berliner" de Kennedy. Inégalités sociales en URSS (avec les apparatchiks) => pub pour le modèle américain avec un niveau de vie très élevé ⊕ Mc Carthysme : campagne anti-communiste reprise par le Sénat => obligation de diffusion du modèle américain par les médias et par les instances culturelles (cinéma, etc) = propagande !

B *0*

C. Affirmer la puissance économique des Etats-Unis.

1944 : accords de Bretton Woods => $ devient monnaie internationale avec beaucoup d'influence ⊕ dirigent les organisations internationales comme le FMI, la Banque mondiale. "Guerre des étoiles" menée par Reagan = vitrine de la bonne santé de l'économie américaine ⊕ haute technologie (= "smart power"). Boom économique aussi en Allemagne de l'ouest

B

contrairement à celle de l'EI → affirme puissance américaine à travers son rapport avec l'URSS. EU : dominent échanges internationaux et sont les créditeurs de beaucoup de pays qui sont donc indirectement sous leur influence.

Transition :

Transition intéressante mais un peu longue

En 1991, l'URSS explose. On pense que les États-Unis sont "la" grande puissance mondiale. Hubert Védrine, ministre des Affaires étrangères français parle de "hyperpuissance". On pense même que c'est la fin de l'Histoire. Ils sortent en grands vainqueurs avec les quatre aspects de la puissance développés : aspect économique, culturel, technologique et militaire. Mais 1991 correspond également à l'éclatement de la première guerre du Golfe qui marque l'émergence d'un monde multipolaire et bien plus complexe.

II. La puissance des États-Unis s'adapte à la nouvelle organisation du monde :

A. Entre 1991 et 2001, la puissance américaine peu à peu contrastée par un monde multipolaire :

EU = grande puissance en 1991 → Pb = ont le rôle de gendarmes du monde. Interviennent en Irak contre Sadam Hussein en 1991 mais demandent de l'aide → l'opération "tempête du désert" se fait avec le support de forces internationales. Ils mènent une politique interventionniste sous Bush (père) ⇒ il perd les élections en 1992 contre Bill Clinton car les Américains ne veulent pas de cette politique (préfèrent "America First"). Malgré cela → intervention en Yougoslavie en 1994. Politique interventionniste n'est pas toujours un succès ⇒ échec au Moyen/Proche Orient.

Ce n'est pas clair

COPIE 10

COPIE 10

B. Prise de conscience de la nouvelle organisation du monde avec les attentats du 11 septembre 2001, une politique unilatérale :

B

Attentat du 11 septembre 2001 = électrochox => réaction immédiate de Washington et de l'administration Bush. Analyse du monde empruntée à Samuel Huntington (prof à Harvard) et le " Choc des civilisations " (1996) => idée que le monde est ÷ en 8 aires de civilisations fondées sur la religion avec idée que certaines sont des ennemies des EU (religion musulmane) -> analyse manichéenne. Mènent donc une politique unilatérale (interviennent sans demander accord des alliés pour être plus rapide -> pensent que c'est la bonne chose à faire) ⊕ politique de violence préventive (interviennent dans des régions du monde avant qu'il n'y ait un conflit).

C. Adaptation à la nouvelle organisation du monde sous Obama : une politique multilatérale :

=> échec de la politique interventionniste et unilatérale (montée du sentiment anti-américain partout dans le monde). Joseph Nye analyse la perte d'influence des États-Unis comme due à la seule utilisation du hard power : selon lui, on ne peut pas imposer sa volonté avec le hard power, il faut aussi le soft power (raison de la " victoire " de la guerre froide). Obama prend conscience que les États-Unis sont une puissance contrastée -> fin de la " cowboy diplomacy " (secrétaire d'État = Hillary Clinton) -> plus d'analyse manichéenne des relations internationales. Obama mène une politique multilatérale = consulte alliés. Permet de donner une meilleure image des EU ⊕ a compris que le contexte de la mondialisation induisait un monde complexe avec des conflits transnationaux ⊕ monde a changé -> puissance contestée.

B

Conclusion : Ainsi, même si la sortie de la guerre de 1939-1945 a assis la position des États-Unis comme la première puissance mondiale, cette puissance a continué de s'affirmer pendant la guerre froide entre 1947 et 1991 à travers son rapport avec l'autre puissance mondiale, l'URSS. Mais, depuis 1991, le monde s'est complexifié, il est devenu multipolaire et les États-Unis ont d'abord réagi fermement en 2001 avec le Président Bush avec une politique unilatérale qui a montré rapidement ses limites puis avec une politique multilatérale menée par Barack Obama.

Écris plutôt « il est devenu plus complexe »

Aujourd'hui, les États restent une puissance majeure dans le monde avec un pouvoir économique extrêmement puissant (avec un PIB de dix-sept ~~milliers~~ milliards de dollars), un pouvoir culturel quasi hégémonique avec la diffusion de leur modèle et un pouvoir militaire toujours important avec le premier budget militaire du monde (six-cents quatre-vingt-deux milliards de dollars) et le plus grand réseau d'ambassades et de consulats au monde. Cette puissance est néanmoins contrastée par l'émergence de nouveaux pays comme la Chine ou l'Inde et par l'échec de ses politiques interventionnistes (aujourd'hui, les troupes américaines se retirent d'Afghanistan). Cette puissance doit désormais compter avec d'autres pôles de puissance mondiaux.

Tu peux écrire en chiffres.

On peut se demander quel rôle aura à jouer les États-Unis si un conflit ouvert éclate entre les Japonais et les Chinois sur le sujet des îles du Pacifique. Les deux pays étant de grands alliés économiques du pays, interviendront-ils ou non ? Agiront-ils dans le cadre de l'ONU ou par leurs propres moyens ? Ces réponses nous permettront de faire un bilan ~~sur~~ de l'évolution de la puissance des États-Unis à partir de 2015.

N'utilise pas le futur historique, même dans la conclusion.

Ouverture à réécrire.

APPRÉCIATION DE LA COPIE 10

Un excellent travail. Très bien organisé. N'oublie pas de relire la copie (tu laisses trop de petites fautes).

NOTE DE LA COPIE

18/20

COMMENTAIRE DÉTAILLÉ

CE QUI EST BIEN

- L'introduction montre une bonne connaissance du contexte.
- La problématique est correcte : « Les États-Unis, après 1945, sont-ils restés la première puissance mondiale incontestable ou sont-ils devenus une puissance contrastée ? »
- La phrase plan montre clairement le choix d'un plan en deux parties, bien définies chronologiquement.
- Le plan est clair, en deux parties, avec trois sous-parties :

  I. La puissance des États-Unis s'affirme dans son rapport avec l'URSS

  A. Affirme la puissance militaire des États-Unis ou le « hard power »

  B. Affirme la puissance culturelle américaine ou « soft power »

  C. Affirme la puissance économique des États-Unis

  II. La puissance des États-Unis s'adapte à la nouvelle organisation du monde

  A. Entre 1991 et 2001, la puissance américaine peu à peu contrastée par un monde multipolaire

  B. Prise de conscience de la nouvelle organisation du monde avec les attentats du 11 septembre 2001, une politique unilatérale

  C. Adaptation à la nouvelle organisation du monde sous Obama : une politique multilatérale.

- L'élève connaît et présente dès l'introduction « hard power » et « soft power ». Plus loin dans la copie, il évoque le « smart power » et cite le nom de Joseph Nye.
- Les dates et les faits de la Guerre froide sont assez bien connus et correctement datés.
- L'élève connaît, sans en citer le nom, les accords Blum-Byrnes concernant les quotas de films américains à projeter en France.
- L'élève connaît Hubert Védrine mais le cite mal. Ce dernier qualifie les États-Unis d'« hyperpuissance » et non de « superpuissance ».
- L'élève connaît et définit les différentes politiques étrangères des États-Unis, unilatéralisme, multilatéralisme.
- L'élève connaît Samuel Huntington et cite son ouvrage, « Le choc des civilisations ».
- L'élève connaît Hillary Clinton et son rôle de Secrétaire d'État.

Ce qui doit être corrigé

- Attention aux erreurs de date, surtout au tout début de l'introduction. Plus loin, la Vietnamisation du conflit intervient dès 1973.
- Les États-Unis sont au pluriel en Français. On écrit (et dit) « les États-Unis sont » et non « est ». À noter, c'était la même chose en Anglais avant la guerre de Sécession mais, depuis, United States est singulier – pour marquer l'affirmation de l'unité du pays.
- L'ONU n'a pas été « créée » à Yalta. Devant l'échec de la SDN, elle est en gestation dès la charte de l'Atlantique (14 août 1941). Elle n'a pas non plus été créée par Roosevelt seul, comme semble le suggérer la copie.
- Attention à l'orthographe des noms propres, qu'il faut apprendre. Il est bien de citer George Kennan, à condition de ne pas écorcher son nom. On sera cependant plus souple sur l'orthographe d'un nom d'un personnage moins connu que sur celle de De Gaulle ou de Churchill.
- Attention aux erreurs de faits : les États-Unis soutiennent les Vietnamiens du Sud et non du Nord.
- L'élève n'a pas fait d'allemand et cite mal Kennedy : « Ich bin ein Berliner ». Les citations en langue étrangère sont à traiter avec méfiance. C'est la même chose pour les citations en Français, qui doivent être exactes.
- La transition est trop longue – plus de huit lignes.
- La conclusion est trop longue – une page.
- L'ouverture est un peu confuse.
- L'élève utilise le futur historique, ce qui est à proscrire, même en conclusion.

Ce qui doit être approfondi

- La politique étrangère de Clinton, « l'enlargement », n'est pas citée.
- La copie n'a visiblement pas été relue. L'élève a laissé beaucoup de petites fautes, qu'il aurait probablement éliminées à la réflexion. Rappelons que la relecture d'une copie n'est pas du temps perdu et qu'elle est indispensable. On peut relire de différentes façons, soit au fur et à mesure après avoir écrit un paragraphe soit en une seule fois après avoir tout écrit.

FICHE DE LECTURE

Fiche de lecture de « Si c'est un homme » de Primo Levi.

CONSIGNES ET CONDITIONS

Les élèves ont eu plusieurs semaines pour lire l'ouvrage, ce qui leur a permis de poser des questions au professeur en cours de lecture. La fiche de lecture a ensuite été réalisée sur table en une heure. Le but était de mémoriser et synthétiser une lecture.

Il y avait deux questions notées chacune sur dix. La première question était double : « Résumez l'ouvrage de Primo Levi en une page environ puis en quelques lignes ».

La deuxième question était : « Que vous apprend l'ouvrage sur l'organisation du camp d'Auschwitz ? »

COPIE 11

1) Primo Levi est un ~~Juif~~ italien de confession juive de 24 ans en 1943, lorsqu'il est déporté
à ~~Ausch~~ Auschwitz. Il décrit dans cet ouvrage l'ensemble de son
passage dans ce "camp de la mort". Il a rejoint un groupe de lutte
Pas d'apostrophe — contre le fascisme italien et lorsqu'il ~~est~~ attrapé, il est déporté d'
en fin de ligne — d'abord dans un camp de transit, puis il arrive à Auschwitz après ~~4 j~~ voyage jours
de voyage en train, au milieu de ses codétenus dans un convoi à bétail. Il
décrit ce qu'il a vécu depuis son arrivée, au milieu de cette masse grise
et morne; le fonctionnement du camp; les horreurs qu'il a vécues, là-bas,
dans ce lieu hors du monde, entre la vie et la mort; il faut tenter de
survivre et arrêter de vivre. La grande entreprise des Allemands a été de
réduire les Juifs à des sous-hommes, de leur faire perdre leur statut d'
humain. Là, il travaille tous les jours dans un froid glacial, reçoit
trois rations de soupe claire par jour et le sacro-saint bout de pain
gris tous les matins; il vit des sélections et voit chacun des ses compa
Illisible — gnons un à un. Il parle du KB, l'infirmerie, refuge qui finalement
lui permet de réfléchir, peut-être trop, à ce qu'il est en train de vivre; il
parle des nuits, du rêve de Tantale et de la nourriture, de l'économie du
camp ou encore de sa hiérarchie. Et même une des seules choses qui
peut lui rappeler que c'est encore un homme: l'examen de chimie qu'il
passe avec le docteur Pannwitz pour faire partie du Kommando 98, lui
rappelle à quel point il est déchu de ses droits, à quel point les Allemands

COPIE 11

ont réussi à le détruire. Lorsqu'un des prisonniers qui a tenté de s'enfuir est pendu sur la place de l'appel et que personne ne fait rien, il dit "la honte nous accable" : les Allemands ont réussi à faire d'eux des esclaves. Dans le dernier chapitre, il raconte les dix derniers jours de détention, avant l'arrivée de l'Armée Rouge ; il raconte comment il a survécu et comment, peu à peu, il est redevenu un homme ; comment peu à peu la place que prenait son numéro sur son bras s'est atténuée pour laisser place à l'homme Primo Levi. Il a eu la chance de revenir et c'est pour cela qu'il écrit son livre ; il voulait en parler, ne pas garder cela pour lui, et ce livre est dédié à cela. Le camp est libéré le 23 janvier 1944

27

10/10 Holocauste

Ce livre ~~raconte~~ a été écrit par Primo Levi, qui raconte sa détention au camp d'Auschwitz de 1943 à 1944 et à la libération du camp. Il y expose le fonctionnement du camp, la condition des prisonniers, et propose une réflexion sur l'Holocauste et finalement sur l'humanité dans son ensemble : il ne veut pas que le lecteur comprenne les Allemands, mais qu'il n'oublie pas ce qu'un homme a fait à un autre homme.

Monowitz est une des trois grandes parties du camp — Auschwitz III

2) Le camp d'Auschwitz est un camp immense, qui a vu le plus de déportés juifs mais surtout qui en a exterminé le plus au cours de la période pendant laquelle il a été en fonctionnement sous le IIIème Reich d'Hitler. Le camp d'Auschwitz est composé d'un camp principal avec la place de l'Appel, de laquelle partent les détenus tous les matins et à laquelle ils reviennent le soir après le travail. Les détenus vivent dans des ~~blocks~~ baraques, qui sont de grandes maisons en bois, remplies avec des couchettes, sur trois niveaux et sur lesquelles plusieurs détenus dormaient : deux par couchette, avec une maigre couverture. Primo Levi est détenu ~~[illegible]~~ dans le camp de Monowitz, un des camps attenants à Auschwitz et faisant partie de l'immense complexe du camp. Dans d'autres camps sont détenues les femmes, et se trouvent les chambres à gaz. Tous les jours, il va travailler à la Buna, l'usine, dans le froid, faisant des travaux pénibles comme soulever et transporter de la fonte. Il reçoit de la soupe claire trois fois par jour et du pain le matin, ce qui ne le nourrit pas assez. Quand il est arrivé, on l'a privé de ses vêtements, rasé, tatoué, dépossédé, et jeté dans cet enfer d'inconnus, sans repères. (Mal dit) Il n'a pas de couverts pour manger, ce qui fait partie de la déshumanisation entreprise par les Allemands. Dans d'autres camps attenants à Monowitz, des prisonniers anglais, ou étrangers, des non juifs, qui étaient beaucoup mieux traités qu'eux et avec qui ils pouvaient faire commerce, car tout se ~~marchande~~ vend et s'achète à Auschwitz. Durant sa captivité, il a même reçu l'aide d'un civil italien qui travaillait à la Buna. Il parle du KB, l'infirmerie ; un bloc composé de plusieurs baraques et auquel on a accès lorsqu'on est malade ou blessé, là aussi, tout est fait pour déshumaniser les détenus du Lager, et les soins sont primaires. C'est cependant le seul moyen pour un détenu de profiter d'un repos. L'hiver dur et froid de Pologne est la hantise des Häftlinge, et c'est pour cela que lorsque Primo quitte son Kommando habituel pour celui de chimie c'est pour lui l'assurance de passer l'hiver, du moins celui-là. De plus, c'est pour lui un accès direct à un ensemble ø

Commerce
d'outils lui permettant de faire du marchandage pour améliorer sa condition. Avec son ami Alberto, qui a été déporté avec lui, il a même l'occasion de réaliser plusieurs brillants stratagèmes et de se procurer une menaschka, qui est un privilège au camp. Cela lui permet de transporter de la soupe qu'il s'est procuré par la ruse. Les détenus ne sont en effet pas tous égaux, il y a ceux qui sont condamnés à la mort et d'autres qui ont une chance de survivre encore un peu. Des sélections ont lieu à intervalles réguliers et destinent les plus faibles à la chambre à gaz, ces derniers rejoignent leurs camarades déjà jugés inaptes au travail à leur arrivée ; leurs femmes et leurs enfants... Primo Levi arrive donc à se construire une position au milieu de cette multitude ; de se dégager avec ses règles bien précises, son dialecte et son fonctionnement par son entrée au Kommando de chimie. Il présente aussi la hiérarchie du camp. Celui qui commande les Kommandos, les supervise, n'est jamais un Juif ; mais toujours un détenu de droit commun ; et ceux qui supervisent les baraques non plus. Avec eux, Primo Levi a eu l'occasion de commercer. Mais, même au sein des Juifs, il y a une hiérarchie, des élus et des damnés. Il dit « On a parfois l'impression qu'il émane de l'histoire et de la vie une loi féroce que l'on pourrait énoncer ainsi « Il sera donné à celui qui possède, il sera pris à celui qui n'a rien »». Peut-être hérité d'une once d'ironie, étant donné la fatalité qu'elle suggère, cette phrase résume de façon claire le camp d'Auschwitz. Celui qui a des privilèges en obtient facilement de nouveaux, et celui qui a une condition mauvaise ; le « musulman » est condamné, fatalement à la mort. Il y a en effet des déportés qui ont des ressources physiques et mentales, qui savent s'adapter ou qui trouvent un moyen de se faire une place au sein des camps de la mort, mais il y a aussi ceux qui n'y sont jamais parvenus et ce sont eux qui sont partis les premiers à la chambre à gaz...

B/ Les SS, finalement, s'occupent peu de la gestion du camp qui se fait en interne, entre déportés qui ont des statuts différents, indiqués par la couleur apposée sur leur uniforme. Primo Levi est un « Häftlinge ordinaire », un parmi tant d'autres, un au milieu de cette multitude d'âmes en cours de destruction. Il y a aussi une distinction entre les « vieux Häftlinge » et les nouveaux. Les anciens du camp connaissent ses usages, son fonctionnement, alors que les nouveaux le découvrent et doivent l'appréhender. Tout est un combat au camp, la moindre possibilité d'améliorer ne serait-ce qu'un tout petit peu sa condition est une opportunité que personne ne laisse passer. Des changements des uniformes propices à la récupération de chiffons à mettre au fond de ses ~~cha~~ sabots en bois pour se faire des chaussettes russes au vol d'un balai à la Buna, tout est sujet à l'échange et aux ingénieuses entreprises. Lors du travail, on tente de se fatiguer le moins possible pour économiser ses maigres forces... Le Lager a donc un fonctionnement particulier, qui pousse les individus à se battre pour eux-mêmes, cassant la cohésion qu'il peut exister du fait qu'ils sont semblables et qu'ils vivent la même expérience traumatisante. Ils sont déshumanisés au sein d'un mécanisme de l'horreur qui fait tout pour

10/10 leur enlever leur condition d'homme. S'il y a bien une victoire que les Allemands ont obtenue, c'est celle-ci : réduire ~~ses~~ leurs semblables, réduire un être humain à un sous-être, à quelque chose qui ne mérite pas la moindre considération. C'est cette douleur et cette horreur que retranscrit Primo Levi dans Si c'est un homme.

//

APPRÉCIATION DE LA COPIE 11

Très bien lu. Très bon travail. Attention, cependant, à la forme.

NOTE DE LA COPIE 20/20

COMMENTAIRE DÉTAILLÉ

Ce qui est bien

- L'ouvrage est très bien lu et compris.
- Les résumés sont bien synthétiques et reprennent l'essentiel de l'ouvrage.

Ce qui doit être corrigé

- L'écriture est difficile à lire. On ne comprend pas tous les mots, ce qui laisse planer un doute sur l'orthographe de certains noms propres.
- Il ne faut pas laisser d'apostrophe à la fin d'une ligne. Un mot se « coupe » à la syllabe.
- Les adjectifs substantivés, qui deviennent des noms propres, prennent une majuscule. On écrit les Allemands et non les allemands.
- On ne met pas de majuscule à un adjectif quand il suit un nom, on écrit l'Armée rouge et non l'armée Rouge.
- Attention aux erreurs de dates, Auschwitz a été libéré le 27 janvier – et non le 23 – et cette date est devenue la Journée de la mémoire des génocides et de la prévention des crimes contre l'humanité.
- Monowitz n'est pas un des camps attenant à Auschwitz, c'est un des trois éléments principaux d'Auschwitz, Auschwitz III.

Ce qui doit être approfondi

- La ponctuation. L'élève abuse des points-virgules, à des endroits où l'on attendrait plutôt des virgules.

GÉOGRAPHIE

LA COMPOSITION DE GÉOGRAPHIE

- Il faut toujours commencer par lire avec soin le sujet. Vous devez décider très rapidement du sujet que vous allez traiter puisque vous avez le choix entre deux sujets et vous tenir à ce choix. Recopiez-le au début de votre copie ; l'écrire le fixera dans votre mémoire et vous aurez moins tendance à vous éloigner du sujet. De plus, c'est une courtoisie envers le lecteur.
- Commencez par comprendre le sujet et, notamment, ses limites spatiales.
- Quel est le sens exact des termes utilisés ?
- À quelle partie du programme le sujet se rattache-t-il ?
- Cherchez la problématique. Quelle question ce sujet pose-t-il ? Cela soutiendra toute votre démonstration jusqu'à la conclusion. Écrivez votre problématique sur une feuille de brouillon à laquelle vous vous référerez souvent pendant votre devoir. À noter : une bonne problématique n'est pas le sujet auquel vous vous serez contenté d'ajouter un point d'interrogation.
- Élaborez ensuite le plan au brouillon.
- En Géographie, un plan comprend deux ou trois parties.
- Chaque grande partie doit être divisée en deux ou trois sous-parties.

Ainsi vous pouvez élaborer quatre types de plans :

PREMIER PLAN	**DEUXIÈME PLAN**	**TROISIÈME PLAN**	**QUATRIÈME PLAN**
I. A. B. **II.** A. B.	**I.** A. B. C. **II.** A. B. C.	**I.** A. B. **II.** A. B. **III.** A. B.	**I.** A. B. C. **II.** A. B. C. **III.** A. B. C.

- Équilibrez vos parties pour que votre plan soit harmonieux. Pour cela, utilisez une feuille par partie – en n'écrivant qu'au recto de la feuille – pour pouvoir vérifier l'équilibre de votre plan d'un seul coup d'œil avant de rédiger. Si votre troisième partie vous paraît faible, c'est probablement parce qu'un plan en deux parties est plus judicieux.

- Attention ! Ne confondez pas plan historique et plan géographique. Le plan géographique ne peut en aucun cas être chronologique.

Très souvent, le plan géographique peut être :

I. Description

II. Explication. Partie dans laquelle on pourra introduire un peu d'histoire

III. Typologie

- Ne sautez surtout pas l'étape du plan. Beaucoup de connaissances mal ou peu organisées ne font pas une bonne note. Un plan bien organisé, avec des exemples bien choisis sera plus satisfaisant.
- Après avoir organisé votre plan, élaborez votre introduction. C'est par là que le correcteur entre dans votre copie et qu'il en a une première impression. Bannissez l'idée d'écrire votre introduction après votre devoir pour l'adapter à ce que vous aurez écrit. Le lecteur s'en rendra compte, surtout si vous l'avez bâclée faute de temps ou si vous n'avez pas laissé assez de place au début de votre copie, vous obligeant à modifier votre écriture pour tout « faire tenir ».
- L'introduction est écrite au brouillon.
  - Vous pouvez éveiller l'intérêt du lecteur par une « phrase d'accroche ». Cela peut être une citation, un fait, une statistique, etc. En apprenant vos cours, pensez à des phrases d'accroche et constituez-vous un petit stock de chiffres et d'exemples que vous pourrez tester dans les devoirs de l'année.
  - Vous devez ensuite répéter le sujet en en expliquant les termes, vocabulaire, limites spatiales.
  - Remettez le sujet dans un ensemble géographique plus vaste.
  - Indiquez quelle est votre problématique, c'est-à-dire le problème géographique que pose le sujet. La problématique n'est pas le sujet assorti d'un point d'interrogation.
  - Annoncez, pour finir, votre plan. Évitez les annonces de plan trop scolaires, du genre : « Tout d'abord, nous allons étudier… puis nous allons voir… et enfin nous allons nous pencher sur… Malgré vos efforts pour trouver des synonymes, cette annonce de plan est lourde. Évitez aussi d'écrire « je vais essayer de… » on suppose que vous savez que c'est ce que l'on attend de vous. Ne dites pas « je ». Évitez aussi de donner les numéros de vos parties. Bref, une phrase-plan rédigée, en deux ou trois membres de phrase, permettra de comprendre votre plan et sa cohérence. Vous pouvez écrire aussi autant de phrases courtes qu'il y a de « grandes parties » dans votre devoir.
  - Au début de la copie, indiquez le sujet que vous avez choisi, en en recopiant l'intitulé et non en indiquant sujet 1 ou 2. Ne laissez pas le lecteur attendre d'avoir lu votre introduction pour savoir de quoi vous voulez parler.
  - Recopiez votre introduction, qui doit avoir à peu près la longueur d'un paragraphe, c'est-à-dire une quinzaine de lignes. Évitez les introductions trop longues où vous essayez de raconter tout ce que vous savez en dehors du sujet ou trop courtes, qui n'introduisent pas assez votre travail.

- À partir de là, travaillez au propre en suivant votre plan – ce qui suppose qu'il est solide.
- Sautez au moins une ligne après l'introduction.

- Votre première partie commence par un alinéa. Individualisez les deux ou trois paragraphes qu'elle comporte en allant à la ligne à la fin de chaque paragraphe. Un paragraphe ne doit pas être trop long et commence par un alinéa. Ne sautez pas de ligne entre les paragraphes.
- En règle générale, n'allez pas sans cesse à la ligne : cela éparpille la lecture et montre une écriture et une pensée « sautillantes ».
- À la fin d'une partie, sautez une ligne et écrivez une transition. La transition est un passage obligé entre deux parties. Elle résume très rapidement ce qui vient d'être dit et annonce la partie suivante. Vous pouvez l'enrichir d'une statistique, d'un fait que vous n'avez pas pu placer ailleurs… La transition n'est pas un paragraphe et ne doit pas être top longue. Il ne faut cependant pas vous en « débarrasser » en écrivant deux lignes. Si votre plan comporte deux parties, il y a une transition ; s'il comporte trois parties, il y a deux transitions.
  - Comme vous rédigez en suivant votre plan, vous pouvez en même temps avoir près de vous une feuille de brouillon. Ce sera l'amorce de la conclusion. Au cours d'un devoir, vous pouvez vous affoler en vous rendant compte que vous avez oublié un point fondamental-ou que, dans le stress d'un examen, vous croyez fondamental. Ne paniquez pas. Ne recommencez pas tout ; vous n'en avez pas le temps. Notez ce que vous avez oublié sur ce brouillon, vous le placerez dans la conclusion.
  - Attention à gérer le temps. Ne vous laissez pas déborder, au risque de ne pas pouvoir finir. Si, néanmoins, il vous reste peu de temps, rédigez rapidement les grandes lignes du reste de votre développement et passez à la conclusion. Une composition sans conclusion sera très mal notée.
- La conclusion est fondamentale. Elle vous permet de répondre à la problématique. Elle ne doit en aucun cas vous permettre de donner votre opinion personnelle sur la question posée, en émettant des jugements de valeur. N'utilisez pas le « je ». Dans la conclusion, vous devez résumer très rapidement votre propos : attention, il ne s'agit pas de refaire le devoir.
  - Il faut répondre à la problématique mais de façon nuancée. Numérotez sur votre brouillon-conclusion les idées que vous avez eues en cours de route et intégrez-les à ce que vous rédigez.
  - La conclusion finit par une « ouverture », qui ouvre le sujet sur une question géographique.
- Le devoir doit être rédigé dans un français simple et précis.
- En géographie, on écrit la plupart du temps au présent.
- Écrivez de façon lisible. Si votre écriture est difficile à lire, on fera moins preuve de patience à un examen que dans le courant de l'année. Essayez d'écrire moins en vous appliquant.
- Attention d'abord à l'orthographe. Les noms propres sont importants. Il ne suffit pas de les lire pour savoir les écrire, vous devez apprendre l'orthographe des noms.
- Ne négligez pas la ponctuation et n'omettez pas les accents. Revoyez la valeur des virgules, des points-virgules et des points, des parenthèses, des tirets, des guillemets, etc.

- Attention aux erreurs d'unités.

Une composition de géographie peut comporter un voire deux schémas. Il est souvent plus clair de représenter que de décrire. Vous pouvez présenter des schémas, des graphiques. Cependant, vous devez respecter certaines règles :

- assurez-vous de la pertinence de la présence du schéma. N'essayez pas de « caser » à toute force un schéma que vous connaissez ;
- une composition de géographie n'est pas une épreuve de dessin. Vous n'avez pas à multiplier les schémas, au risque de ne plus rien écrire ;
- le schéma ne doit pas être « coincé » en bas de page dans un minuscule espace. Il lui faut, au moins, une demi-page ;
- n'oubliez pas de lui donner un titre ;
- élaborez une petite légende – surtout pas au verso ;
- soignez la présentation, un schéma bâclé n'apporte rien.

Bien sûr, le correcteur tiendra compte du fait que vous avez consacré du temps à votre – ou vos deux – schémas et n'attendra pas une copie très longue, étant donné le temps imparti.

L'ÉTUDE CRITIQUE D'UN OU DE DEUX DOCUMENT(S) EN GÉOGRAPHIE

- Quels documents peuvent vous être présentés ? Le plus souvent, comme le sujet d'histoire-géographie est imprimé en noir et blanc, il s'agira de textes, souvent de géographes. Mais vous pouvez aussi trouver, géographie oblige, des cartes ou des statistiques. À ce sujet, il est bon de maîtriser le vocabulaire, carte par anamorphose, différents diagrammes…
- Cet exercice ne comprend pas de choix ; ainsi, il n'est pas possible de faire d'impasse.
- Commencez par lire le ou les document(s) ainsi que la consigne, qui est la problématique que l'on vous donne (vous n'avez pas besoin de chercher une problématique). Le ou les document(s) se rattachent à une partie du programme. Cependant, si le programme de géographie est découpé en chapitres, ils ne sont en aucun cas « étanches ». Vous pouvez utiliser des connaissances qui viennent d'autres parties du programme.
- Comme vous avez peu de temps, rédigez le plus possible « au propre ». Votre brouillon vous servira à noter les principaux éléments de l'introduction et de la conclusion.
- Choisissez des axes simples pour l'explication. Soulignez ou surlignez dans les documents ce qui se rapporte à chaque partie (par exemple, si vous avez deux parties, les éléments utilisés pour la partie I en bleu et la partie II en jaune).
- Votre plan doit être clair. Si vous avez deux documents, un mauvais plan consistera à étudier le premier document puis le deuxième. Dans un plan en trois parties, vous pouvez trouver deux thèmes et ensuite critiquer les documents ou, mieux, trouver deux thèmes en critiquant les documents à l'intérieur de vos parties. Il faut, bien sûr, mettre les documents en relation tout au long de l'étude et non seulement dans la conclusion.
- Rédigez une brève introduction. Elle commencera par la nature du ou des documents. L'auteur ou les auteurs peuvent être un indice pour la critique. La date est indiquée et vous serez la plupart du temps devant des documents très récents. S'il s'agit d'un texte, évitez d'alourdir votre introduction en citant l'éditeur, sauf si cette donnée représente un intérêt pour la compréhension du document. Rappelez la consigne et annoncez vos axes d'explication – sans écrire I ou II, bien sûr.
- Expliquez les documents en suivant vos idées principales. N'oubliez pas de citer avant d'expliquer. Les citations doivent être courtes. Il ne s'agit pas de recopier le document.
- Rédigez la conclusion.
- Quand vous relisez, corrigez mais évitez les ajouts rejetés en fin de copie ou encombrant la marge.
- Cette épreuve est difficile. Il faut comprendre le ou les document(s) mais il faut aussi le(s) critiquer, ce qui demande des connaissances géographiques précises. Attention cependant, une critique peut être aussi positive.
- Un des principaux défauts que l'on trouve est la paraphrase. L'élève répète le texte. Supposez que le correcteur comprend couramment le français et évitez de « traduire » le texte du français au français. Citez-le pour éviter cette tendance. Paraphraser peut

vous apporter une mauvaise note alors que vous pensez avoir compris le document (mais que vous ne l'avez pas expliqué). La paraphrase est aussi souvent le signe que vous ne connaissez pas le sujet avec précision et que vous vous raccrochez désespérément à ce qui est donné par le ou les documents.

- Pour citer un document, vous devez faire des citations courtes en écrivant ce que dit le texte plutôt qu'en écrivant « ligne 2 » car cela ne simplifie pas le travail du lecteur qui doit se reporter au document pour trouver la citation. Si vous ne citez pas avec exactitude – pour inclure une citation dans une phrase, on peut changer la conjugaison, par exemple, indiquez vos changements par des [...].
- Le défaut inverse de la paraphrase, tout aussi grave, est la dissertation « à propos » du document. Vous connaissez le sujet et déversez vos connaissances en perdant de vue le ou les document(s).
- Rappelez-vous enfin qu'il ne s'agit pas dans le temps imparti de tout expliquer. Vous devez choisir certains éléments et les éclairer par une explication.

ÉTUDE CRITIQUE DE DOCUMENT

Carte par anamorphose. La richesse mondiale.

CONSIGNES ET CONDITIONS

Le travail est réalisé sur table en 30 minutes. L'élève est aidé par la mention du nom des pays sur la carte.

Le sujet se rattache au thème 1 du programme : « Des cartes pour comprendre le monde. L'étude consiste à approcher la complexité du monde par l'interrogation et la confrontation des grilles de lectures géopolitiques, géoéconomiques, géoculturelles et géo-environnementales. Cette étude, menée principalement à partir de cartes, est l'occasion d'une réflexion critique sur les modes de représentations cartographiques ».

Document 1 - La richesse mondiale

(*in* RAMSES 2012)

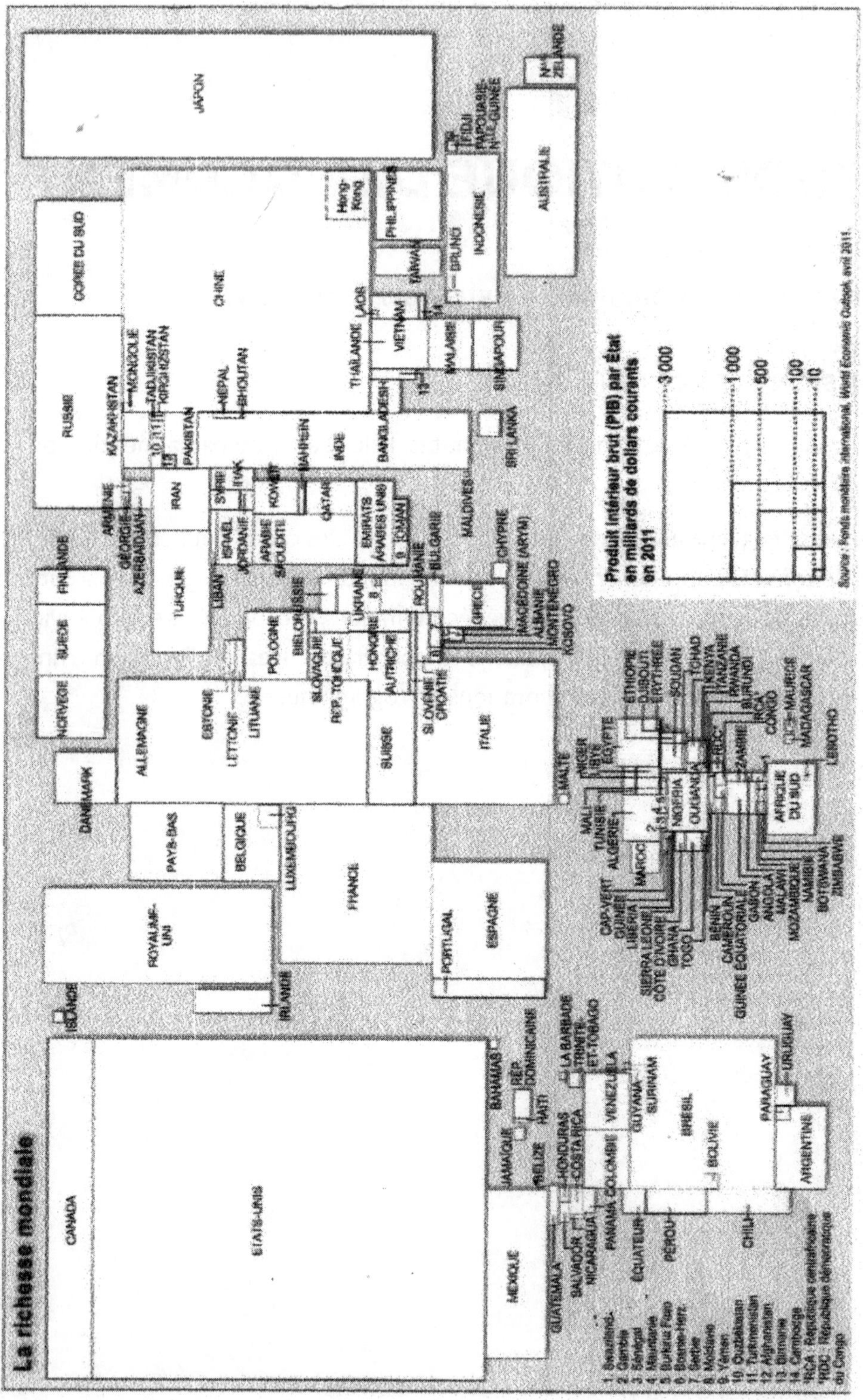

COPIE 12

COPIE 12

COPIE 12

Ce document est une carte par anamorphose présentant le PIB par État en milliards de dollars courants en 2011. La taille des pays représentés sur la carte est proportionnelle à leur richesse. Le PIB est un indicateur du produit intérieur brut soit de la valeur de la production, il permet de faire des comparaisons dans l'espace et de donner une idée de la richesse globale du pays.

On voit que le monde est dominé par des pays très riches comme les États-Unis, pays au plus fort PIB, mais aussi par l'Europe qui forme un ensemble riche avec des PIB autour de 3 milliards de dollars pour la France et l'Allemagne. Le Japon a aussi un fort PIB. Ces trois aires géographiques forment la Triade, de plus en plus talonnée par des pays émergeants ou déjà développés comme la Chine, le Brésil, ou la Corée du Sud, des économies avec lesquels il faut de plus en plus compter au niveau mondial. Cependant, de nombreux pays restent encore pauvres, voire très pauvres. La taille de l'Afrique rend compte sur cette carte de l'extrême retard de développement dont sont souvent victimes les populations, avec des PIB souvent inférieurs à 10 milliards de dollars comme au Cap-Vert, en Guinée ou au Libéria.

Il en est de même pour une partie de l'Amérique du Sud alors que les pays d'Asie s'en sortent mieux dans l'ensemble, des pays comme le Laos restant cependant extrêmement pauvres.

Cette carte présente cependant des limites dans la mesure où seul le PIB

Émergents

Mal dit

brut y est présenté, c'est un indicateur quantitatif et non qualitatif, qui ne donne pas d'indicateur sur la dimension sociale. On ne connaît pas le niveau de développement des populations. De plus, il n'y a pas d'indice sur la population totale des pays. L'Inde est un pays très étendu et très peuplé dont le PIB n'est pas si élevé, et ramené à l'étendue de sa population, le pays n'est pas très riche. Il en est de même pour la Chine, même si c'est un pays déjà plus riche que l'Inde. Le PIB donne la richesse globale des pays, sans mise en rapport avec la population. De même, le PIB ne donne pas d'indication sur les disparités de richesse à l'intérieur des pays. C'est un indicateur global qui permet des comparaisons au niveau mondial, qui ne présente pas les inégalités de richesse et de développement des populations.

Cette carte par anamorphose présente les PIB mondiaux et permet des comparaisons. Cependant, la dimension sociale et le lien avec les populations n'est pas mis en évidence, d'où la nécessité de l'utilisation d'autres indicateurs comme le PIB par habitant ou l'IDH pour mesurer cela. //

Pas d'apostrophe en fin de ligne [l'

APPRÉCIATION DE LA COPIE 12

C'est excellent. Très bien compris et analysé.

NOTE DE LA COPIE

20/20

COMMENTAIRE DÉTAILLÉ

Ce qui est bien

- La nature du document est connue. C'est une carte par anamorphose.
- Le vocabulaire est défini (PIB par état du monde).
- Bonne utilisation d'un vocabulaire géographique : Triade, pays émergent.
- Bonne compréhension de l'intérêt de la carte par anamorphose : l'Afrique est très peu « visible ».
- Le PIB est bien vu comme un indicateur quantitatif et qualitatif. Il ne marque pas le niveau de développement des populations. De même, il ne permet pas de saisir les différences existant à l'intérieur de la population d'un pays.
- Le document est bien critiqué. L'élève montre qu'il doit être complété par le PIB par habitant, l'IDH…

Ce qui doit être corrigé

- L'écriture, souvent difficile à lire.
- L'apostrophe à la fin d'une ligne.
- L'abus de « au niveau ».
- Une expression familière : « les pays d'Asie s'en sortent mieux ».
- Un chiffre de population n'est pas un indice.

Ce qui doit être approfondi

- Sur cet exercice, rien car il est excellent pour le temps imparti.

ÉTUDE CRITIQUE DE DOCUMENT

ÉVOLUTION DE L'IDH, 1990-2010.

CONSIGNES ET CONDITIONS

Le travail fait partie d'un ensemble : une composition d'histoire partiellement rédigée sur 12 points et une analyse critique de document en géographie entièrement rédigée sur 8 points. Le temps donné pour l'ensemble du travail sur table était de trois heures, ce qui signifie que l'élève a mis environ une heure pour rédiger la partie géographique.

Le sujet se rattache au thème 1 du programme : « Des cartes pour comprendre le monde. L'étude consiste à approcher la complexité du monde par l'interrogation et la confrontation des grilles de lectures géopolitiques, géoéconomiques, géoculturelles et géo-environnementales. Cette étude, menée principalement à partir de cartes, est l'occasion d'une réflexion critique sur les modes de représentations cartographiques ».

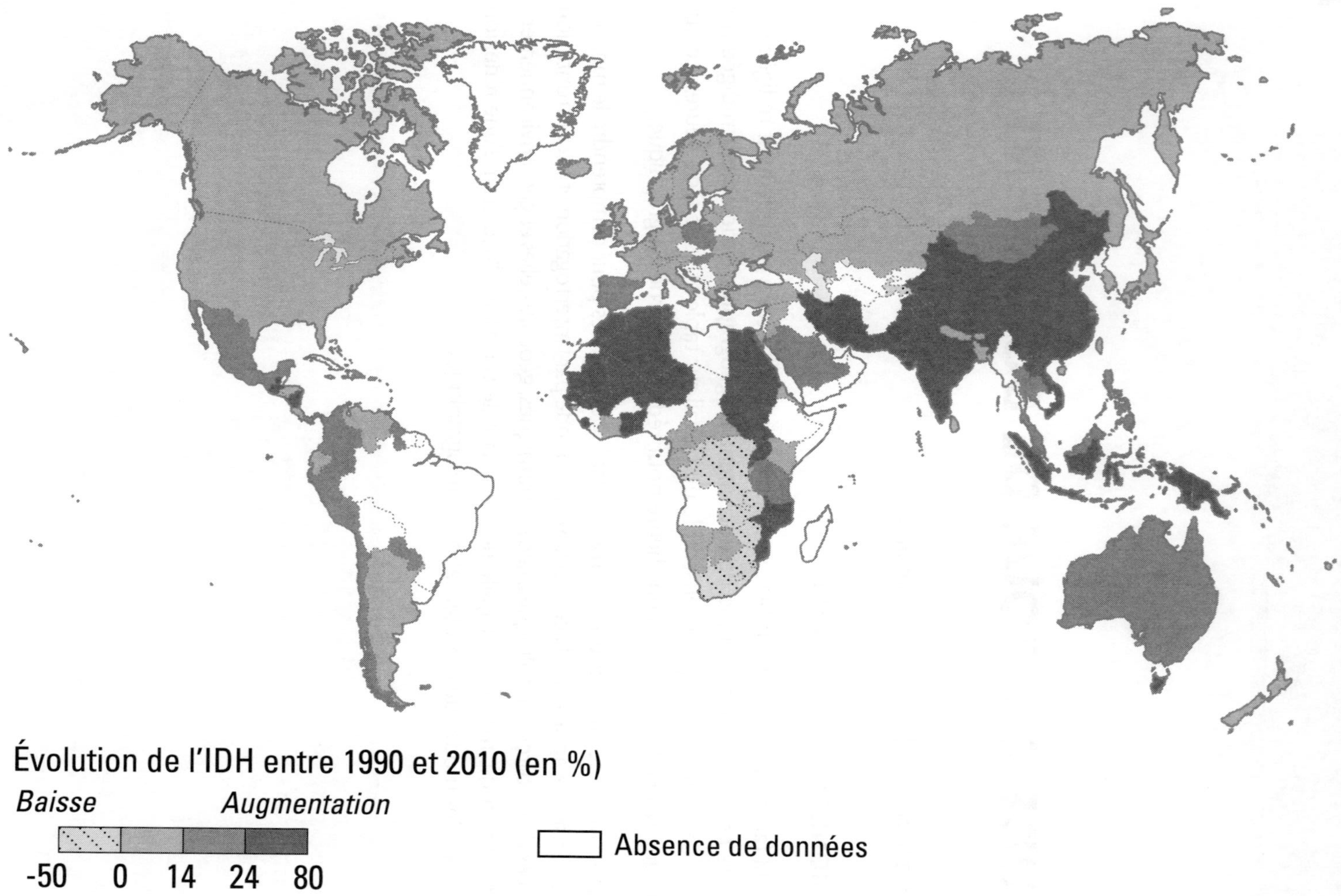

Évolution de l'IDH entre 1990 et 2010 (en %)

Source : Pnud, *Rapport sur le développement humain 2010*

COPIE 13

Dans l'analyse géoéconomique du monde, c'est à dire l'étude de l'organisation et des dynamiques économiques du monde actuel, l'indicateur servant à l'analyse du développement ou de la richesse d'un pays le plus utilisé est le produit intérieur brut (PIB). Il mesure la production des entreprises [Pas uniquement] dans un pays et permet d'étudier les inégalités et les différences entre les pays du monde. Mais ~~malheureusement~~, cet indicateur ne comporte pas de dimension sociale. Pour combler cette lacune, l'Organisation des Nations-Unies (ONU) a mis au point un nouvel indicateur, l'indice de développement humain (IDH). Le document que nous devons étudier est un planisphère ~~de~~ [avec une projection de] Mercator (il déforme les dimensions, plus on s'éloigne de l'Équateur, plus les pays paraissent gros cela minimise l'importance des pays pauvres, proches de l'Équateur) et par conséquent du centrage européen. Cette carte présente l'évolution de l'IDH entre 1990 et 2010 en pourcentage. Un code couleur du bleu au vert foncé permet l'appréciation des différentes évolutions. Cette carte provient du Programme des Nations-Unies pour le développement (PNUD) et est tirée d'un rapport sur le développement humain daté de 2010. ~~Elle se destine à un usage pédagogique.~~ Même si cette carte présente un intérêt dans l'analyse du développement mondial, elle présente quelques défauts.

Annotations en marge : « B » ; « Pas de jugement de valeur » ; « Inutile »

L'IDH est effectivement un indicateur plus intéressant que le

PIB pour évaluer le développement des pays. Il fut créé dans les années quatre-vingt dix (1990) par Amartya Sen dans le cadre du PNUD. C'est un indicateur synthétique qui donne un chiffre entre 0 et 1 (les pays développés sont proches de 1). Il regroupe une évaluation de la richesse à travers le PIB/habitant, une évaluation de la santé à travers l'espérance de vie à la naissance et une évaluation de l'éducation à travers le taux d'alphabétisation et le taux de scolarisation. Ce qu'on remarque tout d'abord sur la carte, c'est la forte évolution positive de l'IDH dans des pays anciennement considérés comme faisant partie des "Suds". En effet, les pays émergents comme la Chine, l'Inde, une grande partie de l'Afrique du Nord et les pays du Golfe connaissent une augmentation de l'IDH entre vingt-quatre et quatre-vingts points entre 1990 et 2010! Dans une moindre mesure, le Chili, l'Australie, le Mexique, les Philippines etc., connaissent une bonne augmentation de leur IDH et donc du niveau de développement de leur population. Cette évolution de l'IDH a lieu dans des pays où il y a de la croissance économique ce qui permet de mettre en lien la croissance économique et le développement humain. Il y a une corrélation positive entre ces deux éléments. Au contraire, les pays du nord, les "pays riches" connaissent une augmentation de leur IDH très faible ou quasi-nulle. De plus, on peut remarquer le recul de l'IDH dans certains pays de l'Afrique subsaharienne. C'est la seule région du monde où le développement évolue de façon négative. Ce document permet donc de comprendre les évolutions du monde actuel à travers le taux de développement des populations des différents pays mais néanmoins, il présente d'importants défauts.

B (annotation en marge)

On peut écrire 80_90 % (annotation en marge)

Tout d'abord, un très grand nombre de données sont manquantes, notamment pour des pays comme le Brésil où cette évolution serait intéressante à étudier. Cette non-communication des données nécessaires à l'IDH est due à la pauvreté des institutions locales qui ne sont, soit pas en mesure de récolter ces informations, soit qui n'ont pas la volonté de collaborer avec l'ONU. Ensuite, ce document mesure l'évolution de l'IDH mais absolument pas l'IDH en lui-même. En réalité, les pays du nord et de la Triade possèdent un développement humain très élevé, tellement élevé que son évolution ne peut plus qu'être lente. De l'autre côté, les pays émergents sont dans une période de transition qui accompagne la croissance économique, l'IDH étant faible à la base, les évolutions de développement paraissent extraordinaires traduites en pourcentage. De plus, les différentes couleurs qui représentent les différents taux d'évolution sont très imprécises. En effet, un pays possédant une évolution de son IDH à vingt-quatre pourcents sera figuré de la même manière qu'un pays dont l'IDH a gagné quatre-vingts points entre 1990 et 2010 soit près de trois fois et demie supérieur. Par conséquent, ces figurés ne permettent pas une nette appréciation des différents taux d'évolution de l'IDH dans le monde. Pour finir, l'IDH est en lui-même un indicateur imparfait, en effet, il ne mesure pas les inégalités entre les hommes et les femmes et entre les populations en général à l'intérieur d'un même pays.

TB

?

Mal dit

Ce document permet donc de donner une idée de l'évolution

du développement humain dans le monde entre 1990 et 2010 même si quelques lacunes peuvent le rendre parfois incomplet. Afin de répondre aux défauts de l'IDH, on a créé

l'indice sexospécifique de développement humain pour prendre en compte les inégalités hommes/femmes et les indices de pauvreté humaine et multidimensionnelle pour les inégalités au sein même des pays. //

COPIE 13

APPRÉCIATION DE LA COPIE 13

Un excellent travail. Très bien compris, expliqué et critiqué.

NOTE DE LA COPIE

8/8

COMMENTAIRE DÉTAILLÉ

Ce qui est bien

- L'élève replace le travail demandé dans le cadre de l'analyse géoéconomique du monde, dont il donne la définition.
- Il établit le fait que le PIB est l'indicateur le plus utilisé mais que l'IDH est un indicateur plus intéressant. Ainsi, il justifie l'intérêt du document.
- Il repère la projection de la carte et en indique les faiblesses, notamment le centrage sur l'Europe.
- L'introduction introduit bien le plan (I. Analyse, II. Critique).
- L'élève indique l'origine de l'IDH et les éléments qui le composent.
- Il repère les zones de forte évolution et de plus faible évolution de l'IDH, ainsi que les zones où l'IDH régresse. Il les met en relation avec la croissance économique.
- Il remarque qu'un grand nombre de données sont manquantes et explique cette absence.
- Il critique le document, expliquant que les données sont peu significatives. En partant de très bas, on a une augmentation en pourcentage plus visible. Au contraire, les pays développés ayant un IDH très élevé le voient moins augmenter en pourcentage.
- L'élève critique les données ; il y a une seule couleur pour l'augmentation de 24 à 80 %.
- La conclusion est correcte.
- Il indique que d'autres indices permettent d'affiner en montrant les inégalités hommes-femmes (indice sexospécifique de développement humain-ISDH) et la pauvreté (indicateur de la pauvreté humaine-IPH).

Ce qui doit être corrigé

- Un jugement de valeur. En géographie, on n'écrit pas « malheureusement, cet indicateur ne comprend pas de dimension sociale ».
- Il est inutile, dans l'introduction, d'indiquer que le document est à usage pédagogique.
- L'introduction est bien trop longue.
- Quelques répétitions.
- On peut écrire les pourcentages en chiffres. Il est inutile d'écrire quatre-vingt pour cent et d'écrire « points ».
- Attention au vocabulaire « mode », du genre « à la base ».

Ce qui doit être approfondi

- La copie n'a visiblement pas été relue. Il reste quelques fautes d'orthographe.

COPIE 14

ÉTUDE CRITIQUE DE DOCUMENT

« Ouvrières chez Barbie, ce n'est pas un monde de poupées ». Une critique de la mondialisation. Une image et un texte.

Document 1 : photographie

Document 2

« Deux ONG dénoncent les conditions de fabrication de la plus célèbre des poupées mannequins. Pour l'occasion, ils ont exhibé, dans Paris, une poupée Barbie à taille humaine, vêtue d'un bleu de travail et la bouche bâillonnée. Une prise de conscience pour attirer les citoyens, en pleines courses de Noël.

Elle est blonde, mince, aux mensurations soi-disant parfaites. Mais la ressemblance s'arrête là. Les ONG Peuples solidaires et China Labor Watch veulent sensibiliser le grand public sur les conditions de travail des ouvriers chinois qui fabriquent les poupées Barbie, vendues au rythme effréné de 152 par minute dans le monde. Pour l'occasion, ils ont présenté en plein boulevard Haussmann, devant les grands magasins parisiens, une poupée grandeur nature, le corps enchainé et la bouche muselée. Selon eux, ce modèle unique baptisé Barbie ouvrière et facilement manipulable, peut travailler 13 heures par jour pour 12 centimes d'euros, sans aucune journée de repos, à l'image de ceux qui fabriquent les Barbie en Chine.

Une apostrophe en pleine rue, relayée par les réseaux sociaux et par les médias, qui n'est pas du goût du fabricant Mattel. C'est bien en jouant sur la mobilisation citoyenne que les associations espèrent contraindre l'industriel à réagir face à une mauvaise publicité dont il se passerait volontiers, surtout en forte période de ventes. Sur son site, Peuples solidaires invite les internautes à partager sur Facebook le sort des ouvriers chinois mais aussi à faire des dons pour développer des campagnes d'information de plus grande ampleur ».

Marie-Laure Zonszain, « Femme actuelle », 10 décembre 2013.

CONSIGNES ET CONDITIONS

Deuxième partie d'un devoir sur table en trois heures comprenant une composition d'histoire partiellement rédigée sur 12 points et une étude de documents de géographie sur 8 points.

Le sujet se rattache au thème 2 du programme : « Les dynamiques de la mondialisation. La mondialisation en fonctionnement. Un produit mondialisé (étude de cas) ».

COPIE 14

La célèbre poupée Barbie produite par Mattel depuis 1959 est un jouet incontournable. Après avoir eu du mal à pénétrer les foyers américains, en raison de l'apparence de la poupée, jugée immorale, cette poupée est aujourd'hui un succès planétaire. Elle est implantée dans 141 pays et sa production dégage 4,8 milliards de chiffre d'affaires par an. Le document
Maladroit — qui nous devons présenter est une image accompagnée d'un paragraphe explicatif publiée dans le magasine "Femme actuelle" du 10 décembre 2013. Cet article tiré du magasine français s'intitule "Ouvrière chez Barbie, ce n'est pas un monde de poupées" et critique les conditions de vie des ouvrières qui fabriquent la célèbre poupée. Le but de cet article est de faire prendre conscience à la population de ce qu'il se passe réellement dans les usines Mattel (ou dans les usines de leurs sous-traitants). Le document présente les conditions de travail déplorables des ouvrières à travers la comparaison avec la poupée elle-même et le mode d'action des ONG (organisations non-gouvernementales) qui luttent pour les changer.

En effet, l'article présente l'image d'une parodie de la poupée Barbie servant à dénoncer les conditions de travail des ouvrières. Tout d'abord, Barbie fait la taille d'une femme adulte, ce qui la rend très "réelle" et elle est vêtue d'un "bleu de travail" caractéristique du monde ouvrier. Elle est également enchaînée et sa bouche est bâillonnée pour traduire l'incapacité des ouvrières (ici chinoises) à s'exprimer ou à se

Tu peux l'écrire en chiffres.

libérer de ces contraintes. En effet, l'entreprise Mattel, qui gagne mille huit-cent vingt-quatre euros par minute grâce à Barbie paye ses ouvrières "douze centimes d'euros" par jour et les fait travailler dans des conditions inhumaines. Elles peuvent travailler jusqu'à "treize heures par jour" car les heures supplémentaires sont en réalité obligatoires, dans des conditions dangereuses car elles travaillent avec des peintures aérosols toxiques sans gants ni masques pour ne pas gêner la productivité. De plus ce salaire n'est pas suffisant pour vivre décemment, même en Chine, ce qui plonge les ouvrières dans la "misère", obligées de vivre dans des dortoirs bondés et insalubres. Elles travaillent sept jours sur sept. La poupée présentée à Paris par ceux qui luttent contre cette exploitation reprend ces points, elle est "Barbie ouvrière" en référence aux différentes déclinaisons de Barbie (Barbie infirmière, etc). Ces conditions de travail sont rendues possibles par la mondialisation et donc l'éclatement du processus productif dans le monde entier. Les firmes délocalisent la production dans des pays où la main-d'oeuvre est bon-marché et où les ouvriers ne peuvent pas revendiquer (en Chine, il y a simplement un syndicat d'État qui ne permet pas de revendiquer), c'est pourquoi cet article est une "critique de la mondialisation".

("rentabilité maximum") ⟸

TB

Les deux ONG à l'origine de cette Barbie géante sont "Peuples solidaires" et "China Labor Watch". Pour que leur action aient une visibilité maximum, ils ont opéré pendant la période de "Noël" où la demande de jouet est la plus forte et devant les "grands magasins parisiens", "en plein boulevard Haussmann" afin de toucher les français mais aussi peut-être des étrangers car les grands magasins parisiens sont très fréquentés par les étrangers, notamment par de riches Chinois qui pourraient agir efficacement contre ces conditions de travail déplorables dans leur pays. L'aspect de la mondialisation qui permet ces abus vient du manque d'information de la population, car les produits sont vendus par des pays souvent riches où les conditions de travail sont tolérables (ici les États-Unis) donc les consommateurs ne voient aucun problème à acheter les produits de cette firme. En réalité, la production étant délocalisée, le produit peut venir de n'importe où. C'est cet écart spatial qui fait que les informations sur les conditions de travail ne parviennent pas jusqu'à la population. Ainsi, les ONG ont décidé de lutter contre ce manque d'informations grâce aux "médias" et internet à travers les "réseaux sociaux" (comme Facebook). Les médias permet de supprimer l'espace entre les pays, l'information devient elle-même "mondialisée", ce qui permet de lutter efficacement contre ces abus.

Ainsi, ce document permet d'informer le monde sur les conditions de travail des ouvrières chinoises qui fabriquent la poupée Barbie à travers une parodie à taille réelle de cette dernière mais également le moyen qu'ont les ONG de lutter contre cela. Ces ONG veulent que les consommateurs réalisent que ce sont leurs choix de consommation qui peuvent changer les choses (si personne n'achetait de poupée, Mattel sera obligé de changer sa façon de traiter ses ouvrières, comme l'a fait Nike à une époque) et donc devenir des "consommacteurs."

APPRÉCIATION DE LA COPIE 14

C'est excellent. Analyse très fine et documentée.

NOTE DE LA COPIE

8/8

COMMENTAIRE DÉTAILLÉ

CE QUI EST BIEN

- La poupée Barbie a été l'exemple choisi de produit mondialisé. L'élève connaît le produit et la firme qui le fait fabriquer et le commercialise.
- Le plan du travail est clairement annoncé.
- L'image est bien comprise.
- Les conditions de travail des ouvrières chinoises qui fabriquent la Barbie sont bien connues. Le texte accompagnant l'image n'est donc pas paraphrasé puisque l'élève ajoute des détails sur les conditions sanitaires, les ouvrières manipulant des peintures toxiques sans masques ni gants de protection.
- Le produit mondialisé est bien relié à la mondialisation, amenant à un « éclatement du processus productif dans le monde », à la délocalisation et à l'absence de protection sociale des ouvriers dans certaines parties du monde.
- L'absence de syndicats est notée.
- L'élève n'oublie pas la mondialisation de l'information – ici en liaison avec le programme d'histoire sur les médias.
- Il remarque le rôle des ONG et traite de l'altermondialisme.
- La conclusion est correcte.

CE QUI DOIT ÊTRE CORRIGÉ

- L'introduction est un peu longue.
- Quelques fautes d'orthographe d'étourderie montrant qu'il n'y a pas eu relecture.
- Attention à l'orthographe des noms propres (Haussmann, ainsi que le texte l'indique).

CE QUI DOIT ÊTRE APPROFONDI

- Il faudrait peut-être approfondir le commentaire sur le travail des ONG.

ÉTUDE CRITIQUE DE DOCUMENT

L'Europe freine la lutte contre la contrefaçon.

La lutte contre la contrefaçon.

« Faux parfums Chanel, pâles copies de vêtements de luxe ou carrés Hermès qui n'en ont que le nom s'alignent dans une petite vitrine à l'intérieur de la direction des douanes du Havre. L'échantillon de ce qui faisait le quotidien des agents locaux en matière de contrefaçon relèvera bientôt du musée. Depuis avril et l'application d'un arrêt de la Cour de justice européenne, les douanes européennes ont en effet l'interdiction de saisir les articles et produits contrefaits qui ne font que transiter par l'Union.

« Les saisies sur le transit, c'était quasiment la totalité de notre activité détaille Bruno Hamon, directeur régional adjoint des douanes du Havre, le premier port français. En 2011, nous avons mis la main sur 2,7 millions de pièces contrefaites. Depuis le début de l'année, nous sommes à 32 000… » Alors que la campagne pour le made in France, portée par le gouvernement, bat son plein dans l'Hexagone, l'application de cette directive européenne suscite une levée de boucliers. Pour les marques françaises, il s'agit ni plus ni moins d'un coup d'arrêt à la lutte contre la contrefaçon, domaine dans lequel la France était en pointe.

Ce mercredi, sous une pluie battante, au terme d'un ballet millimétré, d'immenses grues sur pneu déposent 9 conteneurs aux pieds des douaniers. Un à un, ils font sauter les plombs qui scellent les caisses de métal. Masque à gaz sur le visage, pour éviter les éventuels « rejets de produits polluants », ils déploient leur échelle sur un mur de marchandises dont la très grande majorité a été produite en Chine. Sur les « manifestes cargos », sortes de bons de livraison, la description des biens transportés est souvent elliptique, parfois incompréhensible. L'un des conteneurs porte ainsi la mention « radio chopping ». À l'intérieur : des dizaines de cartons de vêtements polaires d'une marque espagnole, Cantarana, qui porte une petite grenouille en logo. « On vérifie qu'elle n'est pas protégée, note l'un des douaniers. Il ne faut pas se leurrer, la plupart des marques européennes contrefaites sont inconnues du grand public ».

Ce jour-là, tout est en règle. Avant l'arrêt Nokia, « 15 % de nos contrôles donnaient lieu à saisie », se remémore Olivier Herbaut, le patron de la Cellule d'étude et de lutte contre le trafic illicite par conteneur (Celtic), qui n'est pas loin du chômage technique. « Cette décision européenne est inique et complètement incompréhensible, enchaîne Bruno Hamon. Au final, ce sont les consommateurs des pays destinataires qui vont payer la facture ».

En septembre 2011, 18,5 t de médicaments douteux, fabriqués en Inde et transitant par la Chine puis l'Europe à destination de Conakry (Guinée), avaient été saisis au Havre. Des produits estampillés « Swensons », laissant penser qu'ils étaient fabriqués par un grand laboratoire alors qu'ils présentaient un réel danger pour la santé. « À l'époque, nous avons pu les intercepter mais, à cause de l'arrêt Nokia, il y a de forts risques qu'à l'avenir ce genre de marchandise passe à travers les mailles du filet », prévient un agent. Même chose pour ces stéthoscopes contrefaits, ces faux lits d'accouchement, ces faux chocolats Ferrero made in Turquie ou ces 70 000 batteries de téléphones portables contrefaites saisies l'an dernier.

À terme, la plupart de ces marchandises franchiront sans encombre les barrières douanières européennes. Sans compter la disparition progressive du savoir-faire des douaniers en matière de contrefaçon, capables d'un simple coup d'œil sur l'ordinateur d'identifier un conteneur douteux. « Si l'on fait moins de contrefaçons, on travaillera plus sur les armes ou les stups », se rassure Fabrice, un agent. L'un de ses collègues se montre nettement moins optimiste : « Au rythme où ça va, un de ces jours, on devra laisser passer la drogue ou le reste, sous prétexte que ce n'est pas destiné à nos marchés… »

Le Parisien. 23/10/2012.

CONSIGNES ET CONDITIONS

Sur table, étude critique de document en une heure. Le sujet est « Contrefaçon et mondialisation ».

Le sujet se rattache au thème 2 du programme : « Les dynamiques de la mondialisation. La mondialisation en fonctionnement. Processus, acteurs, débats. Mobilités, flux et réseaux ».

COPIE 15

Ce document traite de la mise en application d'un "arrêt de la Cour de justice européenne", l'arrêt Nokia qui empêche les douaniers européens de saisir les produits contrefaits s'ils ne font que transiter par le territoire de l'Union européenne.

En effet, dans ce contexte d'économie mondialisée où les économiques sont interdépendantes, échangent beaucoup, des acteurs naissent et se développent. En effet, depuis 1994 et la création de l'organisation mondiale du commerce (OMC), les différents pays signataires (157) doivent mener une politique de libre-échange, c'est à dire une politique commerciale visant à empêcher des barrières de freiner la circulation de biens et de service. L'Union européenne est une organisation régionale qui va plus loin, avec une disparition des frontières (accords de Schengen). Les marchandises transitent donc facilement par l'Europe, elles arrivent souvent par bateau à des ports comme le Havre dans le texte et dans des conteneurs (sorte de boîte métallique et standardisée qui peut être posée sur un camion grâce à des aimants directement depuis le navire). Ces conteneurs traversent donc le réseau routier européen en grand nombre mais ils sont scellés quand ils partent des pays émetteurs, ce qui empêche les douaniers de vérifier leur contenu, cela rend l'opération plus délicate du moins. En effet, les mafias qui représentent 20 % du PIB mondial sévissent dans le domaine de la contrefaçons (450 milliards d'euros par an) car cela est moins puni par la loi que les stupéfiants par exemple. Ce commerce de produits contrefaits est désastreux car, en plus de financer ces groupes illégaux, ils détruisent de nombreux emplois en Europe (jusqu'à 300000) et notamment en France (70 000) car la France produit beaucoup de produits de luxe qui sont très contrefaits. De plus, ces contrefaçons sont dangereuses car non-soumises aux réglementations, cela devient particulièrement dangereux quand il s'agit de contrefaçons de produits médicaux (médicaments, " faux kits d'accouchement"), jouets pour enfants, pièces d'avion, etc.

Les différents pays du monde et, par conséquent, d'Europe, se doivent de lutter contre le commerce de ces contrefaçons. C'est là tout l'objet du texte qui dénonce l'« arrêt Nokia » comme un réel " frein " à la lutte contre ce commerce illégal. Cet arrêt va amener à la disparition du " savoir - faire " des douaniers dont l'expertise était très importante dans cette lutte et dont la totalité de l'action consistait à saisir des produits contrefaits en transit en Europe. En effet, devant l'ingéniosité des faussaires pour tromper les douanes du pays destinataire, plusieurs contrôles de douanes pouvaient amener à la saisie de ces produits. L'Europe étant une plaque tournante des échanges, cet arrêt va intensifier le transit des produits contrefaits par l'Europe, par conséquent leur arrivée dans leur pays de destination et donc mettre en danger les populations s'y trouvant.

La multiplication des échanges entre les pays ne doit pas mener à un abus de cette liberté dont les conséquences pourraient être dramatiques pour les populations.

APPRÉCIATION DE LA COPIE 15

Très bien compris et parfaitement expliqué. Un excellent travail.

NOTE DE LA COPIE

20/20

COMMENTAIRE DÉTAILLÉ

Ce qui est bien

- Le texte est bien compris.
- L'élève utilise des expressions comme « contexte d'économie mondialisée où les économies sont interdépendantes ».
- Des références à l'OMC bien expliquées.
- La conteneurisation est expliquée.
- La moindre punition de la contrefaçon par rapport au trafic de drogue est connue.

Ce qui doit être corrigé

- L'utilisation des majuscules. L'Europe est un nom propre.

Ce qui doit être approfondi

- Le plan en deux parties est déséquilibré, la deuxième partie faisant la moitié de la première.
- L'introduction et la conclusion sont un peu « légères ».

COMPOSITION

LES TERRITOIRES DE LA MONDIALISATION.

Le sujet se rattache au thème 2 du programme : « Les dynamiques de la mondialisation. Les territoires de la mondialisation ».

CONSIGNES ET CONDITIONS

Devoir sur table en trois heures. La première partie est une composition de géographie sur 12 points. Devront être entièrement rédigées :

- l'introduction sur 3 points,
- la (ou les) transition(s) sur 1 point,
- la conclusion sur 3 points

Le corps de la composition prendra la forme d'un plan détaillé sur 5 points.

L'exercice de deuxième partie est une étude critique de document en histoire complètement rédigée sur 8 points.

Le sujet se rattache au thème 2 du programme : « Les dynamiques de la mondialisation. Les territoires de la mondialisation ».

Composition de Géographie.

Shanghai, est une ville en pleine expansion, c'est une ville-mondiale représentative du processus de la mondialisation. Elle fait donc partie des territoires de la mondialisation qui sont nombreux et divers. Les territoires de la mondialisation sont de grands espaces sur lesquels s'exprime ce processus croissant d'intensification et de développement des échanges à l'échelle mondiale qu'est la mondialisation. La mondialisation n'est pas un phénomène nouveau, on peut le faire remonter au XVIème siècle, au moment des grandes découvertes. Il y a eu une deuxième phase avec les deux premières révolutions industrielles et nous sommes actuellement dans une troisième phase.

Quelles sont les caractéristiques des territoires de la mondialisation ? Il y a des territoires de la mondialisation, qui est un phénomène qui a connu une évolution, et qui transparaît dans une ville-monde telle que Shanghai.

//

Pas d'apostrophe à la fin d'une ligne

2,5/3

COPIE 16

I) Les territoires de la mondialisation sont liés.

1) des villes-monde.

- Définition d'une ville monde avec les fonctions politiques, économique, culturelles et internationales (illustration avec la ville de Paris. Ces territoires sont les reflets et les moteurs de la mondialisation. Avant plutôt au Nord, maintenant aussi au Sud (Mumbai)
- Uniformisation de la culture dans ces villes mondes.
- Un shéma des villes mondes et de leurs liens.
- Qu'est-ce qu'une ville globale ? (Global City) de Saskia Sassen, en 1991, géographe Peter Hall et John Friedman; issu sociologique de l'urbanisation et de la métro-polisation
- Définir métropolisation.
- L'Archipel Métropolitain Mondial = les villes communiquent
- des villes-mondes se multiplient du fait de la métropolisation 400 villes de plus d'un millions d'habitants et 20 de plus de 10 millions environ.

2) Des pays très différents qui sont des lieux d'une mondialisation à plusieurs visages.

- La segmentation fonctionnelle du travail avec la FTN.
- Hypersélectivités des lieux d'implantation selon les FTN.
- Territoires de la recherche et de l'innovation (pays développés) qui sont différents des territoires d'origine (sièges sociaux avec les droits) et qui s'opposent aux lieux de fabrication (pays en développement ou PMA)

- La mondialisation engendre des inégalités. 7 pays ont 85 % des FTN, pays de la Triade surtout sauf la Chine. 30 pays en ont 90 %. 80 % des sièges sociaux dans les pays de la Triade, 40 % aux États-Unis. Fortes inégalités en fonction des territoires
- Domination des pays du Nord sur ceux du Sud.
- Schéma des pays qui dominent la mondialisation et des flux avec les pays dominés.
- Rapports de force entre les États sur le schéma.

3) Des pays en marge de la mondialisation.
- Il y a des pays très intégrés à la mondialisation, et d'autres qui n'arrivent pas à y entrer.
- Les pays développés dominent ce phénomène avec de nombreuses institutions en plus qu'ils contrôlent (OCDE, FMI, Banque Mondiale, G20, OMC...)
- L'Afrique et les PMA sont en marge de ce processus.
- Le Sud est surtout l'atelier de fabrication même si cette différenciation tend à s'estomper un peu.
- La mondialisation engendre des inégalités
- Opposition entre les États-Unis et la Triade et les pays du Tiers-monde, le Nord et le Sud se voit de façon précise avec la mondialisation.

Transition : On constate donc qu'il y a des territoires de la mondialisation : des villes mondes, des pays encrés et en marge de la mondialisation ; mais cette mondialisation a aussi évolué.

COPIE 16

II) La mondialisation a évolué.

1) L'apparition de nouveaux acteurs

- les FTN depuis la fin de la Seconde Guerre mondiale. qui ont participé au développement de la mondialisation avec la segmentation fonctionnelle du travail

- les organisations internationales comme l'OCDE, le G20, le FMI, l'OMC, la Banque Mondiale, les États (à définir chacun; avec les accords du GATT et la baisse des coût des droits de douane)

- les acteurs de l'ombre : que sont des diasporas (avec la diffusion des produits du savoir-faire et des idéaux avec des personnes qui ne sont pas forcement pauvres et qui ont du poids dans leur pays d'accueil et d'origine.

- les mafias avec drogue et contrefaçons (20% du PIB : 322 milliards de dollars et 650 milliards respectivement en 2014 selon la CIA. Se passe à l'échelle mondiale)

- les paradis fiscaux (capitaux du monde entier ; OCDE : 75 ; FMI : 70)

- Des acteurs variés de la mondialisation, qui ont chacun une intervention différente et des intérêts pas forcement convergents. (Palmarès-voyages de Chirac et pas de chef dans la mondialisation : critique).

2) L'évolution des produits échangés et des transports.

- des zones qui dominent le monde : zone de haute technologie (informatique, pharmacie, électronique et aérospatiale) car nous sommes dans une ère de consommation de masse (ALENA (USA, Canada et Mexique, 38% de la haute-technologie, Afrique, 0,2%) zones qui dominent le monde.

- L'uniformisation de la culture : sport ; richesse par le pays émetteur.

- Multiplication des biens immatériels (service ...) Réseau internet, réseaux qui structurent l'espace mondial. Capitaux et IDE.
- Les pays plus pauvres échangent surtout des matières premières ; ou des produits industriels, situation plus précaires car les prix des matières premières sont fixés par l'acheteur
- Les FTN qui dominent sont dans le pétrole, l'électronique, l'automobile les services et la très grande distribution.
- Les transports maritimes sont révolutionnés (énormes bateaux, tonnage multiplié par 22 depuis 1945 ; et conteneurs standardisés, transports des pondéreux et matières premières non périssables ; bateaux de complaisance (Panama, Malte, Bahamas, Libéria), cabotage).

pavillons de complai- -sance

- Le transport aérien pour ce qui est léger, périssable, fragile, en plein essor : 1600 milliards de voyages en 2030. A380 énorme et routes aériennes sont exploitées.

3) La population participe à la mondialisation : flux humains
- Les flux humains sont variés.
- Migration de travail pas nouvelle, brain drain, travailleurs pauvres ; transferts de fonds vers les familles. Tadjikistan : 50 % du PIB.
- Migration des réfugiés politiques dans leur pays ou pas. Trois fois plus de déplacés dans leur pays ; sinon, 80 % vont dans pays en développement et 20 % dans un pays développé
- Le tourisme : 8 % de l'emploi mondial. Pays riches émetteurs, pauvres récepteurs. 1 milliard 37 millions de touristes en 2017. Guerre entre pays pour attirer les touristes. Secteur sensible aux événements politiques (Égypte). Spécialisation des territoires dans ce domaine en pleine expansion notamment grâce au développement du transport aérien.

Transition : La mondialisation a ainsi évolué de par ses acteurs, ses produits échangés et ses transports, mais aussi de par les flux de populations. Des caractéristiques de cette mondialisation sont visibles dans une ville-monde comme Shanghai.

1/1

COPIE 16

III) Une ville-monde : Shanghai

1) Une ville qui s'est développée

- Plus grande ville de Chine : 23 millions d'habitants ; 6 millions de chinois (migration interne)
- 6ème place financière mondiale en 2011 (1ère en 2030 selon les autorités locales).
- Chine du Sud qui s'ouvre surtout : représentatif de la Chine nouvelle.
- "Folie de la ville-monde", peut-être façade portrait, architecture futuriste.
- Des caractéristiques qui répondent à la définition de la ville-monde.
- Des transports développés.
- Une nouvelle ville-monde grâce au développement spectaculaire de la Chine dans les dernières décennies.

2) Une disposition caractéristique de la ville monde

- Un centre historique proche du centre d'affaires avec le Bund, la tour de la télé, le décapsuleur, des hauts-buildings
- Mais des périphéries beaucoup moins développées. Des populations moins aisées reléguées.
- Zones sans building ni trottoirs, maisons basses, sans engins motorisés.
- Une ville toujours en travaux
- Des zones d'industrie et de chimie fine dans le sud de la ville
- Exposition universelle de 2008
- Ville qui ne dort jamais.
- Des transports : métro, aéroports, Maglev (train du centre vers l'aéroport).
- Un centre d'affaires dynamique et moderne.

- ZES : zones économiques spéciales créées dans les années 1970 ; avec 51 % de capital qui doit rester chinois

4,5 / 8 - Un immense port artificiel, parmi les plus grand du monde avec un pont de 32 Km qui le traverse. Transport de conteneurs à partir de ce port. Des transports performants.

3) Les revers de cette mondialisation

- De fortes inégalités entre les populations plus riches du centre et celles plus pauvres des périphéries.
- Un gouvernement répressif qui contrôle tout, pas de liberté d'expression.
- Une population qui n'est pas forcément ouverte à l'international avec peu de gens qui parlent anglais.
- Une ville très polluée avec des maladies graves provoquées.
- Une population plus aisée qui vit à l'écart dans des banlieues riches.
-

Cl

– Les territoires de la mondialisation sont donc divers et variés, avec des villes mondes, des territoires très différents qui sont des lieux d'une mondialisation à plusieurs aspects, et des territoires en marge de ce phénomènes de mondialisation. Ce phénomène a aussi évolué avec l'apparition de toujours plus d'acteurs, une évolution des produits échangés mais aussi des transports et des flux de populations aux caractéristiques toujours plus diverses. Cette mondialisation s'exprime dans des villes telles Shanghai, une ville qui s'est développée et qui a toutes les caractéristiques d'une ville monde, mais qui est aussi le reflet des revers de cette mondialisation. Les caractéristiques des territoires de la mondialisation sont donc aussi variées que les territoires sont nombreux, elles ont évolué en même temps que le phénomènes et s'expriment dans une ville-monde comme Shanghai.

2,5 / 3

La mondialisation donc un phénomènes à plusieurs visages qui est en constante évolution ; mais elle n'est pas caractérisée que par des territoires, mais aussi par des processus et acteurs spécifiques...

Astucieux comme ouverture

APPRÉCIATION DE LA COPIE 16

Un excellent travail. Très bien construit. Attention, cependant, à l'écriture, parfois difficile à lire. Quel sujet as-tu choisi ?

NOTE DE LA COPIE

10,5/12 soit l'équivalent de 17,5/20.

COMMENTAIRE DÉTAILLÉ

CE QUI EST BIEN

- L'« accroche » sur une ville mondiale, Shanghai.
- L'introduction est correcte. Sont définis « territoires de la mondialisation », « mondialisation », le contexte est indiqué.
- La phrase-plan introduit bien le plan.
- Le plan est équilibré et composé de trois grandes parties avec, chacune, trois sous-parties :

I. Les territoires de la mondialisation sont liés

1. Les villes-monde
2. Des pays très différents qui sont des lieux d'une mondialisation à plusieurs visages
3. Des pays en marge de la mondialisation

II. La mondialisation a évolué

1. L'apparition de nouveaux acteurs
2. L'évolution des produits échangés et des transports
3. La population participe à la mondialisation : flux humains

III. Une ville-monde, Shanghai

1. Une ville qui s'est développée
2. Une disposition caractéristique de la ville-monde
3. Les revers de la mondialisation

- La définition de la ville-monde est approfondie.
- Les FTN sont étudiées avec des chiffres.
- Bien pour les organisations internationales.
- Bonne maîtrise générale du vocabulaire nécessaire à la composition.
- La conclusion est correcte, avec une ouverture astucieuse sur une autre partie du programme. L'élève montre qu'elle peut lier les différents aspects des questions posées.

Ce qui doit être corrigé

- Il ne faut pas oublier d'indiquer le sujet choisi. C'est une courtoisie envers le correcteur et recopier le sujet permet de mieux le mémoriser.
- L'écriture est souvent difficile à lire.
- On ne met pas une apostrophe à la fin d'une ligne.
- La problématique « quelles sont les caractéristiques des territoires de la mondialisation ? » est un peu faible.
- Attention aux images : la mondialisation n'a pas plusieurs « visages ».
- Les transitions sont correctes mais pourraient être un peu approfondies.
- Confusion entre « pavillons de complaisance » et « bateaux de complaisance »

Ce qui doit être approfondi

- La relecture n'a pas été faite, ou n'est pas efficace. Il reste beaucoup de petites erreurs, faciles à corriger.

COMPOSITION

Le rôle mondial des États-Unis et du Brésil.

Le sujet se rattache au thème 3 du programme : « Dynamiques géographiques de grandes aires continentales. L'Amérique : puissance du Nord, affirmation du Sud. États-Unis-Brésil : rôle mondial, dynamiques territoriales ».

CONSIGNES ET CONDITIONS

Composition de géographie en deux heures sur table.

Rédiger entièrement :

- l'introduction,
- la ou les transition(s),
- la conclusion.

Le plan sera semi-rédigé.

La note est globale.

COPIE 17

Introduction : Les États-Unis et le Brésil sont deux puissances s'inscrivant dans un contexte continental unique et marqué par la cohabitation de pays du "Nord" et de pays du "Sud". Les États-Unis se posant en leader du "Nord" et le Brésil en leader du "Sud". Les États-Unis représentent une puissance depuis 1918 et le Brésil représente la dynamique moderne mondiale avec l'émergence de nouvelles puissances. Leur comparaison ou opposition permet ? donc de nous pencher sur les rapports de force aujourd'hui entre les puissances anciennes et les puissances émergentes. Les États-Unis et le Brésil qui sont des puissances similaires sur de nombreux points, connaissent-ils un rayonnement mondial similaire ? Ce sont deux puissances dont l'impact se fait à des échelles différentes mais qui connaissent néanmoins des similitudes très fortes, facteurs de puissance.

Bonne introduction, posant bien le problème.

I. Deux puissances à des échelles différentes :

1. Deux puissances économiques :

EU : grande puissance mondiale même si elle est contestée par la Chine avec 1ère monnaie au monde ($), les plus grandes FTN (comme Wall Mart), la 1ère bourse de commerce à Chicago et le 1er pôle financier au monde avec Wall Street à New York => puissance économique au rayonnement mondial.

Brésil : puissance qui monte (7ème pour l'instant), sa croissance est supérieure à celle des EU + a aussi de très grosses FTN (JBS, Embraer, Petrobras) => lieu d'investissements (chinois beaucoup). Mais bourse de São Paulo n'est que 9ème. Rayonnement est plus

COPIE 17

B

régional que mondial. Mais pays en développement avec émergence d'une classe moyenne => 1er puissance industrielle d'Amérique latine.

2. Deux puissances militaires : EU = plus gros budget militaire au monde (682 Md de $), 40 % du total mondial -> peut se projeter partout. "Hard power" sert à répandre leur modèle, la démocratie (société imprégnée par le protestantisme avec idée que Dieu choisit des élus) -> " destinée manifeste" ⊕ plus gros réseau d'ambassades/consulats au monde => puissance mondiale.

B

Brésil = 1ère puissance militaire d'Amérique du Sud -> concurrence EU sur relations internationales (Lula va dans vingtaine de pays africains en 8 ans) ⊕ mise politique à l'inverse de EU avec relations avec Cuba et Iran depuis 2010. Veut siège au Conseil de Sécurité de l'ONU, envoie bcp d'aide aux pays en développement (plus gros contingent de casques bleus à Haïti) -> veut représenter tous les pays qui parlent Esp/portugais => être leader de l'Amérique latine ⊕ groupe régional (IBSA : avec Inde et Afrique du Sud). => puissance régionale, "G3".

3. Deux puissances culturelles : EU : modèle répandu partout avec $, cinéma, habits, nourriture, langue, musique, etc. Hégémonie culturelle. Société de consommation arrive partout. Attirent beaucoup les étudiants étrangers (770 000) et représentent élite culturelle avec plus gros nombre de prix Nobel => rayonnement mondial.

Brésil : telenovelas = séries longues/complexes/peu chères diffusées dans 130 pays (surtout en Amérique latine) ⊕ média brésilien "Globo" (TV, radio, etc) diffusé dans toute Amérique du Sud => leader culturel régional. CDM 2014 et JO 2016 -> volonté d'avoir rayonnement mondial.

La transition est trop longue. Elle ne doit pas être confondue avec un paragraphe.

Transition : les États-Unis et le Brésil sont deux puissances importantes, deux pôles de la mondialisation mais à des échelles différentes. Ils s'inscrivent tous deux dans des logiques d'intégration régionale avec, par exemple, des zones de libre échange où ils sont respectivement leader : l'ALENA pour les États-Unis avec le Mexique et le Canada et le MERCOSUR pour le Brésil avec le Paraguay, l'Uruguay, la Colombie et le Venezuela depuis 2012. L'ALENA a un rayonnement mondial en étant par exemple la première zone d'innovation au monde tandis que le MERCOSUR n'a qu'un impact sous-continental. Malgré ces rôles mondiaux différents, ces deux puissances connaissent de très nombreux points communs.

Notions à replacer dans une partie

II. De grandes similitudes :

1. Même histoire avec conquête du territoire similaire :

Tous 2 : histoire pionnière avec extermination de la population locale, recours à l'esclavage, développement appuyé sur mise en culture de nouvelles terres et gaspillage des ressources naturelles au début. Populations se déplacent de l'est vers l'ouest, simplement à des rythmes différents (1 siècle pr USA : 1898 = fin du 1er chemin de fer transcontinental) alors que Brésil pas encore fini (reste front pionnier de l'Amazonie). Petite nuance : territoire EU construit aussi par la guerre avec Mexique, France ⊕ Esp ont vendu la Floride aux Américains.

Pas d'abréviation en langue étrangère en Histoire-Géographie.

2. Territoire et son organisation similaire :

Superficie comparable, 9,6 M de km² aux EU et 8,5 M de km² au Brésil. Deux pays riches en ressources naturelles : EU a charbon (Appalaches) ⊕ hydrocarbures au Texas, en Alaska, dans le Golfe du Mexique. Brésil en a aussi au large de

Rio (va bientôt devenir exportateur). Deux pays avec une puissance agricole → "food power" permet de faire pression car sont indépendants et les autres en dépendent. Arme alimentaire. EU = conjonction de climats variés (avec Hawaï : tropical) ⊕ grandes plaines. Brésil : grand réservoir de terres = Amazonie (5 M de km²) mais quand même 1er producteur café/sucre/soja (exporte bcp le soja car sert pr l'élevage). Deux pays avec une faible densité (30 hab/km² aux EU et 22 hab/km² au Brésil). Avec des littoraux très développés (80% des plus grosses villes brésiliennes sur les côtes) qui concentre pouvoir décisionnel, financier, militaire, technologique. Centres des pays très peu peuplés.

3. Des territoires d'immigration : Deux pays héritiers d'une histoire pionnière avec des vagues d'immigration.

EU :
- "Old immigration" au XVIIe siècle → WASP, esclaves, Hollandais.
- "New immigration" au XIXe siècle → Non-WASP, Latins, Russes.
- "American immigration" dans 30's → Latino Américains.
- "Post-American immigration" post SGM → Asiatiques.

⇒ "salad bowl" → pop mélangée mais pas homogène.

Brésil :
- XVIe siècle → colons portugais et esclaves
- 1890 → besoin de main d'œuvre (1888 : abolition de l'esclavage) → Européens (italiens, esp, portugais, etc).
- 1907 → contentieux EU/Jap sur Californie → jap ne peuvent pas aller aux EU → choisissent Brésil comme pays pionnier.
- Post-PGM = instabilité Magh/Proche-Orient → Syriens, Libanais, Russes.
- Post-SGM → circuit d'Odessa (Otto Skorzeny) → nazis viennent se cacher au Brésil. Skorzeny

⇒ métissage réussi, pop homogène.

4

Deux pop similaires : mobile, se déplace des endroits non-attractifs pour endroits attractifs ⊕ pop inégale : EU : 500 000 sans abri ⊕ 12 % pop en dessous du seuil de pauvreté et bcp de travailleurs précaires (pas de salaire minimum ni de législation du travail très contraignante). Brésil : 10 % des plus riches ont 43 % des richesses ⊕ 10 % les ⊕ pauvres ont 1 %. 50 % de la pop vit avec moins de 2 $/j.

Conclusion : les États-Unis et le Brésil sont deux puissances nées des mêmes cendres. Elles ont néanmoins connu un développement différencié qui fait qu'elles ne partagent pas le même rôle mondial aujourd'hui. Alors que les États-Unis sont une puissance au rayonnement mondial, la puissance brésilienne a du mal à dépasser le stade sous-continental. Leurs similitudes géographiques historiques et démographiques n'ont pas abouti aux mêmes résultats. Ce constat reste néanmoins provisoire car le Brésil s'affirme de plus en plus chaque année et se montre au monde notamment à travers la coupe du monde de 2014 en football et les Jeux Olympiques à venir en 2016 qui auront un impact certain sur le rayonnement brésilien. Économiquement, le Brésil grandit aussi de jour en jour. Si un jour le Brésil atteint un stade de puissance comparable à celui des États-Unis, comment cela affectera-t-il l'organisation du continent Américain?

?

Ouverture un peu banale, à retravailler.

COPIE 17

APPRÉCIATION DE LA COPIE 17

C'est excellent.

NOTE DE LA COPIE

19/20

COMMENTAIRE DÉTAILLÉ

CE QUI EST BIEN

- Beaucoup de bonnes connaissances.
- L'introduction pose bien le problème. Il s'agit de comparer le rôle mondial d'une puissance du « Nord », les États-Unis, et d'une puissance émergente, le Brésil.
- La phrase-plan indique clairement le plan en deux parties.
- Le plan est équilibré :

  I. Deux puissances à des échelles différentes

  1. Deux puissances économiques
  2. Deux puissances militaires
  3. Deux puissances culturelles

  II. De grandes similitudes

  1. Même histoire avec conquête de territoire similaire
  2. Territoire et son organisation similaire
  3. Des territoires d'immigration
- Notion de « hard » et de « soft power » pour étudier les puissances.

CE QUI DOIT ÊTRE CORRIGÉ

- La problématique est un peu faible. « Les États-Unis et le Brésil qui sont des puissances similaires sur de nombreux points connaissent-ils un rayonnement mondial similaire ? »
- La transition, unique puisqu'il y a deux parties, est bien trop longue.
- On n'utilise pas d'abréviation en langue étrangère en histoire et en géographie. Il ne faut donc pas écrire USA.
- La conclusion est un peu longue.
- L'« ouverture » est banale et tombe un peu « à plat ».
- Une tendance à la « dérive » vers une copie d'histoire.

CE QUI DOIT ÊTRE APPROFONDI

- La technique de la transition et de la conclusion sont à revoir.

COMPOSITION

Peut-on comparer les États-Unis et le Brésil ?

Le sujet se rattache au thème 3 du programme : « Dynamiques géographiques de grandes aires continentales. L'Amérique : puissance du Nord, affirmation du Sud. États-Unis-Brésil : rôle mondial, dynamiques territoriales ».

CONSIGNES ET CONDITIONS

En 30 minutes, sur table, élaborer la problématique et le plan de la composition.

"Peut-on comparer les Etats-Unis et le Brésil ?

Problématique : Une puissance émergente, le Brésil, a-t-elle les atouts necessaires ~~afin de~~ pour rivaliser avec une puissance établie telle que les Etats-Unis ?

2/2

Bien pour la problématique.

COPIE 18

I. Les deux grandes puissances du continent américain

A. Des territoires maîtrisés
- la conquête des E-U → territoire maîtrisé et humanisé
- la conquête du Brésil → territoire qui reste à maîtriser

B. Des territoires attractifs
- des territoires dynamiques
- une forte immigration (immigration des E-U et immigration au Brésil)

C. Des territoires intégrés à la mondialisation
- Dans l'ALENA pour les E-U
- le MERCOSUR et IBSA
- des gds ports, villes globales
- FMN

II. Les E-U sont une puissance établie tandis que le Brésil est une puissance émergente

A. Des poids économiques différents
- EU : 2e puissance mondiale
- plus grand réseau diplomatique
- Brésil : 7e puissance mondiale, imite et s'oppose aux E-U

B. Le Hard-power
- puissance incontestable des E-U
- 1ère puissance militaire d'Amérique du Sud
- Rayonnement mondial vs régional

C. Le Soft power
- rayonnement mondial de E-U
- Brésil, problème de la lusophonie + rayonnement mondial

III. Le SUDESTE ne peut pas rivaliser avec la puissance de la SUNBELT

Bonne idée.

A. Le SUDESTE
- partie la plus dynamique et la plus attractive du Brésil
- ~~...~~ moins !

B. La Sunbelt
- partie la plus dynamique des EU aujourd'hui
- industrie de pointe, tourisme, agriculture…

17/18

C. Le Sudeste ne peut rivaliser
deux parties du monde difficilement comparables, bien qu'elles soient toutes deux de grandes puissances. Les E-U ~~ont~~ une réelle hégémonie dont le Brésil est loin

COPIE 18

APPRÉCIATION DE LA COPIE 18

Avec des exemples, ce sera excellent. Très bonne structure. Bien pour la problématique.

NOTE DE LA COPIE

19/20 (2/2 pour la problématique et 17/18 pour le plan).

COMMENTAIRE DÉTAILLÉ

CE QUI EST BIEN

- La problématique. « Une puissance émergente, le Brésil, a-t-elle les atouts nécessaires afin de rivaliser avec une puissance établie telle que les États-Unis ? ». On pouvait écrire « pour rivaliser »
- L'organisation sur le papier a permis à l'élève d'équilibrer son plan en trois parties, avec chacune trois sous-parties.
- Le plan en trois parties :

I. Les deux grandes puissances du continent américain

A. Des territoires maîtrisés

B. Des territoires attractifs

C. Des territoires intégrés à la mondialisation

II. Les États-Unis sont une puissance établie tandis que le Brésil est une puissance émergente

A. Des poids économiques différents

B. Le hard power

C. Le soft power

III. Le Sudeste ne peut pas rivaliser avec la puissance de la Sunbelt

A. Le Sudeste

B. La Sunbelt

C. Le Sudeste ne peut pas rivaliser

- Utilisation des notions de « hard » et de « soft power » pour comparer les deux puissances
- Très bonne idée, en troisième partie, de faire une comparaison régionale entre Sunbelt et Sudeste.

CE QUI DOIT ÊTRE CORRIGÉ

- Le A et le B de la troisième partie font plutôt « tiroirs ». Il aurait été mieux de les organiser en le comparant immédiatement.

CE QUI DOIT ÊTRE APPROFONDI

- Par manque de temps, puisqu'il s'agit d'un exercice en temps très contraint, les idées n'ont pas été assorties d'exemples.

COMPOSITION

Le Sahara : ressources, conflits.

Le sujet se rattache au thème 3 du programme : « Dynamiques géographiques de grandes aires continentales. L'Afrique : les défis du développement. Le Sahara : ressources, conflits (étude de cas) ».

CONSIGNES ET CONDITIONS

En trois heures,

Première partie : composition de géographie sur 12.

Rédiger entièrement :

- l'introduction,
- la ou les transition(s),
- la conclusion.

Le plan sera semi-rédigé.

Deuxième partie : Croquis de géographie sur 8.

Attention, le jour du Bac, les deux exercices ne peuvent appartenir à une seule matière. La deuxième partie aurait été un exercice d'histoire.

COPIE 19

Indique l'intitulé du sujet que tu as choisi.

L'Afrique, au coeur des mutations actuelles de l'espace mondial, est un continent pleins de ressources qui pourrait disposer de nombreux atouts sur la scène internationale. Depuis une dizaine d'années, le Sahara revient sur la scène géopolitique et médiatique. Cette immense espace désertique aride, représentant 8,5 millions de km^2 et 16 fois la taille de la France en superficie s'étend sur une dizaine d'États différents. Elle traverse une période agitée en raison de l'installation de groupes terroristes islamistes sur son sol, du développement de trafic en tous genres, des flux d'immigration clandestine en provenance de l'Afrique Subsharienne et de la compétition entre les États développés et les pays émergents pour s'approprier les richesses de la région. Les immenses ressources du Sahara sont à la fois un facteur de richesses et une source de conflits multiples.

Problématique: En quoi le Sahara est-il un espace très convoité et pourquoi peut-on le qualifier de "zone grise" de la mondialisation? Bien que situé en marge des espaces

COPIE 19

nationaux qui le composent, le Sahara est un espace où les ressources sont multiples et de ce fait il est un espace très convoité. Il est cependant qualifié de "zone grise" de la mondialisat° par différentes raisons.

Bien pour l'introduction.

I) Un espace très convoité pour ses nombreuses ressources.

A) Quelles sont les ressources du désert saharien :

- le Sahara, un milieu très contraignant puisque les précipitations y sont inférieures à 100 mm/an. (alors que la Fr : 600 mm/an). Non ! Paris.
Routes commerciales importantes traversent la région et transporter* l'or, l'ivoire, les esclaves...
- Sahara de nouveau convoité pour ses ressources (pétrole, hydrocarbures) depuis quelques années, à cause de l'augmentation du prix de pétrole sur les marchés internationaux. Algérie, Libye, Tunisie = champs pétroliers. ⇒ éco de rente : certains pays dépendent des matières premières + exportation.
- Sahara recèle cependant d'autres richesses : les minerais = fer en Mauritanie, uranium du Niger par ex. Sous sol du désert dispose d'immenses réservoirs d'eau souterraines et d'aquifères fossiles. (irrigation + approvisionnement pour les pôles urbains). oui
+ front pionniers agricoles + tourisme "de découverte et d'aventure".

B/ Des rivalités internationales pour l'exploitation des ressources.

- compétitions s'effectue à différentes échelles : entre FTN des pays développés et celles des pays émergents. + entre États bordiers du Sahara + entre ces acteurs et les groupes infra-étatiques (groupes de trafiquants, ...)
Anciennes puissances coloniales (Fr, RU), EU + Chine utilisent leur influence politique pour obtenir des conventions qui leur permettent de développer les infrastructures.
- Grands sociétés ont mis en place des stratégies. Chine = " diplomatie du cadeau " → échanger des concessions plus imptes contre la construction d'infrastructures (bénéfique pour la population locale).
→ Présence de corruption dans tous les États.
- Lorsque les exploitations de ress sont menacées, les puissances occidentales interviennent rapidement : intervention militaire de la France au Mali (interprétée comme une action pour aider le pays ou comme une intervention pour sécuriser l'exploitation et le transfert de ressources).

C/ Des conflits frontaliers permanents.

- L'Ouest du Sahara = Sahara occidental → 450 000 hab. ancienne colonie espagnole que se sont partagés Maroc et Mauritanie en 1975. Les hab éparpillés dans ces deux pays + Algérie - Front Polisario revendique son indépendance. Cessez le feu signé en 1991. mais aucun des deux ne renonce à ce territoire. (présence de phosphate)
↳ enjeu économique

COPIE 19

- Ouest et Centre de la région marqués par la rébellion des Touaregs, population de nomades (2 million d'hab). partagé entre Mali, Mauritanie, Algérie, ...
Plusieurs révoltes depuis les années 1950.
MNLA = mouvement national de la libération de l'Azawad. alliés avec le groupe touaregs islamiste Ansar Dine + djihadistes d'Al-Quaida.
- Est : longue guerre entre le Nord et le Sud du Soudan → création de deux Etats en 2011. Ils se disputent plusieurs territoires. Sud → 3/4 de la production de pétrole alors que le Nord possède infrastructures pour exporter.

(* Transition)

II) Sahara, une "zone grise" de la mondialisation.

A/ Un espace traversé par des flux illicites.

- zone de circulation de la drogue : 15% de la cocaïne transitant par l'ouest de l'Afrique, le Mali et la Mauritanie pour "remonter" vers l'Europe grâce à la porosité des frontières + faiblesse des polices nationales. Trafic toléré par les dirigeants (avec le haschich). Sahara placé au coeur d'un commerce illicite organisé par des organisations puissantes.
- trafic de drogue associé avec circulation des armes. → s'explique par le nombre important de zone de guerre, montée en puissance du terrorisme, ... armes légères au lande (obus, mortiers, ...). trafic d'armes important au Sahel + Sahara.

Transition:
- contrebande : cigarettes, voitures, essence.

* Le Sahara est donc un espace très convoité pour ses ressources (pétrole, hydrocarbures, minerais...) Cependant, le fait que les rivalités sont importants et qu'il entraine des conflits frontaliers permanents, le Sahara est une zone grise de la mondialisation pour différents raisons.

Suite du Bac Blanc de Géographie :

B/ Une base du terrorisme international.

- AQMI = Al-Qaïda au Maghreb islamique -> le + connu., s'approvisionne en otages occidentaux + multiplication des groupes de "sous-traitants" qui revendent otages à l'organisat° => zone dangereuse et instable. 2013, prise d'otage du site gazier d'In Amenas en Algérie
- Sahara, au coeur d'"arc terroriste" qui s'étend de la Mauritanie à la Somalie en passant par Niger, Nigéria, ... EU considèrent que c'est un "front de guerre" contre le terrorisme. Ils sous-traitent la lutte contre le terrorisme et le trafic de drogue, en échange de moyens financiers.
- Offensive menée en 2012 au N du Mali a directement menacée Bamako. Fr., soutenue par EU, réussit à le faire sortir des groupes islamistes mais la menace du terrorisme est toujours présente.
Etats occidentaux doivent renforcer la coopération avec les pays africains.

C/ Espace traversé par des flux migratoires.

- Sahara devenu une frontière migratoire vers l'Europe. De + en + de populations immigrent vers le N de l'Afrique où les conditions de vie sont meilleures : différence entre PMA de l'Afrique Subsaharienne et Afrq du Nord. Donc migration du S. vers le N.
- migration originaire du centre et de l'ouest qui tente de traverser vers les côtes méditerranéennes. (dangereux ~~et~~ car

ils risquent leurs vies). → immigration clandestine importante.

- Depuis les années 1990, pays de l'Afrique et de l'Europe ont mis en place des politiques concertées sur la gestion des flux migratoires. Mais immigration clandestine = source d'enrichissement pour les passeurs et les autorités locales corrompues. Mal développement frappant population jeune, en pleine croissance démographique.

Ainsi, le Sahara est à la fois un espace très convoité pour ses ressources et un espace considéré comme "une zone grise" de la mondialisation. En effet, cette grande région désertique recèle un grand nombre de ressources, et notamment du pétrole et des minerais. La présence de ces ressources génère des rivalités entre les grandes puissances et les puissances émergentes du monde, ce qui fait qu'il devient un espace de conflits notamment frontaliers important. Il est qualifié de "zone grise" car il est traversé par des flux illicites nombreux (drogues, trafic d'armes, contrebande) et par des flux migratoires clandestins (du Sud vers le Nord). Enfin, la présence d'une base de terrorisme sur cette région, fait du Sahara un espace très dangereux et instable (prise d'otages, ...). Le désert du Sahara est en partie intégré à la Mondialisation (même si les raisons ne sont pas les meilleures), mais qu'en est-il du continent africain ? Son retard de développement n'est-il pas insurmontable ?

//

APPRÉCIATION DE LA COPIE 19

Un excellent travail. C'est très bien compris et mené. Agréable à lire, de plus.

NOTE DE LA COPIE

18/20 soit 10,8/12

COMMENTAIRE DÉTAILLÉ

CE QUI EST BIEN

- De bonnes connaissances.
- L'introduction est claire et de taille correcte.
- La problématique. « En quoi le Sahara est-il un espace très convoité et pourquoi peut-on le qualifier de "zone grise" de la mondialisation ? »
- La phrase-plan est claire.
- Le plan est en deux parties, comprenant chacune trois sous-parties.

  I. Un espace très convoité pour ses nombreuses ressources

  A. Quelles sont les ressources du désert saharien ?

  B. Des rivalités internationales pour l'exploitation des ressources

  C. Des conflits frontaliers permanents

  II. Sahara, une « zone grise » de la mondialisation

  A. Un espace traversé par des flux illicites

  B. Une base du terrorisme international

  C. Espace traversé par des flux migratoires

- Bien pour l'utilisation du vocabulaire : économie de rente, « diplomatie du cadeau »...
- La conclusion, si elle est un peu trop un résumé de la copie, a une ouverture correcte vers l'Afrique.

CE QUI DOIT ÊTRE CORRIGÉ

- Il ne faut pas oublier d'indiquer le sujet choisi, tant pour le correcteur que pour se le mettre en tête.
- Les précipitations moyennes annuelles de Paris sont généralisées à la France.
- La transition est juste mais écrite de façon assez maladroite.
- Il ne faut pas oublier les majuscules aux noms propres.

CE QUI DOIT ÊTRE APPROFONDI

- La technique de la transition, élément important de la copie, doit être travaillée.

COMPOSITION

L'Asie du Sud et de l'Est : les défis de la population et de la croissance.

Le sujet se rattache au thème 3 du programme : « Dynamiques géographiques des grandes aires continentales. L'Asie du Sud et de l'Est : les enjeux de la croissance. L'Asie du Sud et de l'Est : les défis de la population et de la croissance ».

CONSIGNES ET CONDITIONS

En trois heures, sur table,

Première partie : composition de géographie sur 12.

Rédiger entièrement :

- l'introduction,
- la ou les transition(s),
- la conclusion.

Plan détaillé.

Deuxième partie : Croquis de géographie sur 8.

Attention, le jour du Bac, les deux exercices ne peuvent appartenir à une seule matière. La deuxième partie ne serait pas un croquis ou l'étude critique d'un ou de deux documents en géographie.

Trois copies ont été retenues.

COPIE 20

Composition :

Sujet 2 : L'Asie du Sud et de l'Est : les défis de la population et de la croissance.

Récemment, le gouvernement indien a acheté plusieurs avions Rafale à la compagnie d'aviation Dassault, pour un contrat s'élevant à plus d'un milliard de dollars. Cela montre bien la volonté de l'Inde de renforcer sa puissance. Le pays dispose en effet d'une forte croissance, à l'image de l'Asie du Sud et de l'Est. Cette région s'est beaucoup développée depuis 1945, marquée notamment par la décolonisation et la fin de l'ère communiste. Alors que l'Asie du Sud et de l'Est est présentée dans nos médias occidentaux comme un modèle de croissance, quels sont les conséquences de ce phénomène sur le mode de vie des populations y résidant ?

Cette région en pleine mutation doit s'adapter aux conséquences de la croissance, d'autant plus que celle-ci

n'est pas uniforme selon les pays, comme le montre, à petite échelle, le cas de la ville de Shanghai.
Très bonne introduction.

Ⓘ L'Asie du Sud et de l'Est, région en pleine mutation et moteur de la croissance mondiale

1. Une croissance très forte

B . Schéma sur les échanges commerciaux de l'Asie du Sud et de l'Est avec le reste du monde, avec la croissance des pays de cette région.

2. Des changements dans la société

. Une population immense → environ 3,5 milliard de personnes, donc + de ~~la moitié~~ ^{un} tiers de la pop mondiale. 2 géants : Chine (1,3 milliards d'hab) et Inde (1,1 milliard)
. Dans les PED, un enrichissement de la population urbaine : apparition d'une classe moyenne.
. La région connaît un exode rural important, qui augmente la surface urbanisée.

3. Aujourd'hui de nouveaux défis pour les pays de la zone.

. Dans les PED, inégalités se creusent entre campagnes et villes, d'autant plus que, malgré l'exode rural, les campagnes ne désemplissent pas → nécessité de développer les transports

• Au Japon, nécessité de remédier au vieillissement de la population (âge moyen le + élevé dans le monde)

• Dans les PED et les pays du Sud-Est de la régions, problème d'une urbanisation mal maîtrisée car trop rapide, qui conduit généralement à des conséquences environnementales lourdes (ex: surplus de particules fines en Chine ou pollution du Gange en Inde).

Trans: Ainsi, la forte croissance et les mutations de la société dans ces pays entraîne des conséquences, qui se transforment en véritables défis pour les États. Mais il est difficile de généraliser chacun de ces problèmes à l'ensemble de la zone, car le développe-" m'y a pas été uniforme.

(II) Une Asie du Sud et de l'Est à plusieurs vitesses

1. Des pays très développés

Japon + quatre dragons: Corée du Sud, Taïwan, Singapour, Hong Kong

• Ce sont notamment les quatre dragons et la Corée du Sud (4 dragons: ~~Japon~~, Taïwan, Singapour, Hong-Kong) → transition démographique terminée, secteur tertiaire développé, économie ouverte sur l'international, mode de vie occidental

→ ce sont les premiers à s'être développés après la guerre

• Problème: la vulnérabilité face aux crises. Exemple: Crise des années 90 au Japon, choc de l'immobilier et entrée dans la "décennie perdue".

Ces pays sont de plus en concurrence avec les

COPIES 20-22

nouvelles puissances

2. L'affirmation de nouvelles grandes puissances

. Inde et Chine ont tout(es) deux une forte croissance (à environ 7% en Chine), une très grande population, des territoires avec une grande superficie, et une industrie puissante (ex de la sidérurgie en Inde). Ces 2 pays possèdent aussi des FMN (ex: Tata en Inde).

Les territoires ont, au contraire, des superficies très différentes.

. La Chine a malgré tout une avance sur l'Inde : elle développe une industrie de pointe (c'est par exemple le leader des panneaux solaires), investit en Asie et en Afrique, donc augmente sa puissance régionale et internationale, et est aujourd'hui la première puissance économique du monde.

3. Des régions toujours en retrait

. Ce sont des PMA (Laos, Bengladesh) → population pauvre, vie précaire → croissance basée sur l'agriculture, l'industrie textile. De +, exposition aux catastrophes naturelles : inondation au Bengladesh, séisme au Népal. Pays bénéficiaire d'aides internationales

. Un des autres risques est la perte d'indépendance de ces petits pays. Par ex, la Chine investit beaucoup au Laos → Plantations industrielles pour produire de l'huile de palme. Les agriculteurs locaux sont dépossédés de leur terre. Cette pratique nuit aussi à la biodiversité.

(*) Transition à la fin

III Shanghai, croissance et inégalités

1. Le portrait d'une ville monde

- Schéma de la ville de Shanghai : import/export, zone industrialo-portuaire, ZES

2. De nombreuses inégalités

- Populations pauvres, notamment dans la vieille ville ≠ population beaucoup plus riche dans nouveaux quartiers
- Problèmes sanitaires pour la population pauvre
- Défis environnementaux : pollution de l'air et de l'eau.

L'Asie du Sud et de l'Est est donc une région très diversifiée. La forte croissance de la zone entraîne une mutation de la société : les régions urbaines se développent, notamment à cause d'un exode rural important. Les États doivent ainsi s'efforcer de maîtriser le phénomène. De plus, ils n'ont pas tous la même puissance, des État développés, comme le Japon, sont aujourd'hui en concurrence avec des pays ~~en développement~~ émergents à forte croissance comme la Chine. Les États en retard voient eux leur économie partiellement phagocytée par ces nouvelles puissances. Mais si l'Asie du Sud et de l'Est est aujourd'hui divisée quant à la puissance des différents pays, ou aux inégalités dans leur population, elle fait face à un problème commun, en passe de devenir son principal enjeux dans les années à venir : l'environnement, altéré par cette industrialisation accélérée.

Ⓡ Trans : Ainsi, les inégalité sont présentes aussi bien à l'échelle nationale qu'à l'échelle régionale. Mais elles se retrouvent aussi au sein des grandes villes asiatiques, comme Shanghai.

APPRÉCIATION DE LA COPIE 20

Une excellente composition.

NOTE DE LA COPIE

17/20 soit 10,2/12

COMMENTAIRE DÉTAILLÉ

CE QUI EST BIEN

- Une bonne introduction, pas trop longue et posant clairement le sujet.
- Bien pour l'« accroche » rappelant la vente d'avions Rafale à l'Inde par Dassault.
- Bien pour la problématique. « Alors que l'Asie du Sud et de l'Est est présentée dans nos médias occidentaux comme un modèle de croissance, quelles sont les conséquences de ce phénomène sur le mode de vie des populations y résidant ? »
- La phrase-plan introduit clairement la démarche.
- Le plan est clair :

I. L'Asie du Sud et de l'Est, région en pleine mutation et moteur de la croissance mondiale

1. Une croissance très forte
2. Des changements dans la société
3. Aujourd'hui, de nouveaux défis pour les pays de la zone

II. Une Asie du Sud et de l'Est à plusieurs vitesses

1. Des pays très développés
2. L'affirmation de nouvelles grandes puissances
3. Des régions toujours en retrait

III. Shanghai, croissance et inégalités

1. Le portrait d'une ville-monde
2. De nombreuses inégalités

- Un schéma est prévu dans la I, 1 et dans le III, 1
- La diversité de l'Asie du Sud et de l'Est est bien comprise, avec quelques exemples.
- Les risques naturels et le développement durable sont bien évoqués.
- L'élève essaie de travailler à différentes échelles, régionale, nationale et urbaine.

Ce qui doit être corrigé

- La fin de la problématique décale un peu le sujet, en posant la question du « mode de vie » et non de la « population ».
- Le plan est déséquilibré. Il y a trois parties. Les deux premières comprennent trois sous-parties, la troisième seulement deux.
- La gestion du temps n'a pas été parfaite. La troisième partie est succincte mais l'élève a eu le bon réflexe de ne pas sacrifier la conclusion, quitte à ne pas développer la troisième partie.

Ce qui doit être approfondi

- Erreur en ce qui concerne la composition des « quatre dragons », à revoir.
- Revoir la superficie de la Chine et de l'Inde.

COPIE 21

→ L'Asie du Sud et de l'Est : les défis de la population et de la croissance.

L'Asie du Sud et de l'Est comprend les deux plus grands foyers de peuplement au monde que sont l'Inde (1,2 milliard d'habitants) et la Chine (1,3 milliard d'habitants). Cette caractéristique lui confère d'emblée une place importante sur la scène mondiale. On constate également que cette zone enregistre depuis une trentaine d'années des taux de croissance économique exceptionnels si bien que l'on assiste peu à peu à un déplacement du centre de gravitation de la mondialisation vers cette région. Quels sont alors les enjeux et défis à relever que posent les booms économiques et démographiques en Asie du Sud et de l'Est ?

Problématique à revoir

Cette zone doit avant tout faire face à des questions démographiques, de plus elle connaît une croissance rapide et forte qui comporte cependant des limites. La ville de Mumbai est un bon exemple à échelle réduite des défis à relever en Asie du Sud et de l'Est.

Bien pour l'introduction, malgré la problématique.

I. Des enjeux démographiques

A/ Une population nombreuse mais inégale selon les pays

* Zone qui représente le plus grand foyer de peuplement avec 55 % de la population mondiale dont 19 % en Chine. Cette croissance se poursuit malgré des politiques de régulation~~s~~ des naissances en Inde et Chine.

- la transition démographique est quasiment achevée mais on constate des disparités entre les pays. Les pays avec population stable sont les NPIA (Japon, Corée du Sud, Singapour, Hong Kong)
- la moyenne de la région est de 2,5 enfants par femme mais par exemple au Pakistan c'est ≈ 3,4 enfants / femme contre 1,1 à Singapour.
- Cette forte population est un atout pour la croissance car permet d'avoir main d'oeuvre abondante + marché de consommateurs.

B/ Population inégalement répartie

* la population se concentre sur les littoraux, les deltas, vallées des grands fleuves (phénomène ancien car ce sont des lieux propices à la riziculture et au commerce). = littoralisation. B

- le phénomène est amplifié par la mondialisation des flux, d'où l'émergence de grands ports commerciaux modernes et équipés (par exemple Yangshan à Shangaï) surtout dans NPIA et Chine / Inde.
- phénomène de métropolisation et macrocéphalie dû à l'exode rurale et à la littoralisation des activités. On peut citer Tokyo, Shangaï, Mumbai...

exode est masculin

- Souvent dans l'arrière-pays se trouve une zone d'activité avec usines liées aux exportations.

* Certains espaces enclavés ou ayant un climat difficile sont presque inhabités : la forêt equatoriale de Chine, les montagnes de l'Himalaya au Tibet, l'intérieur de la Chine ou de l'Inde

C/ les atouts et contraintes de la croissance démographique

* Cette population est nombreuse et il faut pouvoir la nourrir. De plus, il y a de gros déséquilibres hommes / femmes liés aux politiques de régulations autoritaires en Inde et Chine qui favorisent la naissance de garçons et l'avortement des filles. Ce

problème est lié au poids des traditions. On estime qu'il manque environ 10 (cent) millions de femmes en Asie.

- Dans certaines régions c'est le vieillissement de la population qui pose problème notamment au Japon avec la hausse de l'espérance de vie, la faible fécondité, la baisse de la mortalité infantile. Cette population représente de nouveaux enjeux et pose le problème de la baisse de la population active qui pousse le Japon à faire appel à des travailleurs étrangers souvent mal intégrés.

Mal dit

15 % de la population a moins de 10 ans

L'Asie du Sud et de l'Est se caractérise donc par une forte population qui représente à la fois un atout pour la croissance économique mais également une contrainte pour le développement. De plus, il est vrai que la croissance est forte mais elle comporte aussi des limites.

II. La croissance économique et ses limites

A/ Une très forte croissance économique

* La croissance depuis une trentaine est une caractéristique majeure de la région. D'abord entamée avec le Japon qui a suivi la stratégie "en vol d'oies sauvages" consistant à se concentrer sur l'industrie lourde pour pouvoir ensuite exporter puis se reconvertir dans les technologies et services. Le rôle de l'État a été majeur.

en vol

Ce modèle a été suivi par les Dragons (Corée du Sud, Singapour, Hong-Kong) dans années 1970-80. Tous ces pays sont aujourd'hui des pays du "Nord".

Il manque Taïwan.

Vient ensuite la Chine et l'Inde. La Chine est appelée "l'atelier du monde" mais les 2 pays participent de plus en plus à des activités technologiques, dans la recherche, les services etc.

Dans les années 1990-2000 c'est au tour des "Bébés Tigres" (Indonésie, Vietnam...) de commencer leur boom économique.

COPIES 20-22

Globalement la croissance de la région est de 7-8%, 8% pour la Chine, 5% pour l'Inde.

B/ Problèmes de pauvreté, d'inégalités

* 70% des personnes sous alimentées se trouvent en Asie et il y a ~~8,5 millions~~ de pauvres. Cependant ce taux a diminué car il n'y a plus de grandes famines grâce à la révolution verte entamée dans beaucoup de pays.

Il y a de fortes inégalités entre pays (ex : Japon - Bangladesh) et à l'intérieur des pays. Souvent la population est polarisée entre très pauvre et minorités très riche. ~~Il y a~~ Les classes moyennes sont presques inexistantes (commence cependant à se développer en Chine et Inde).

Il y a de forts contrastes aussi entre les villes modernes et équipés et les campagnes ~~rurales~~ et très pauvres.

Elles sont forcément rurales.

C/ La question de l'environnement

* Cette croissance a été effectuée sans prise en compte de l'environnement d'où de nombreuses dégradations :

- pollution de l'air, émission de CO_2 qui représentent 60% des émissions mondiales ⇒ épais nuage gris dans les grandes villes (exemple de Pékin durant les J-O).
- en Indonésie problèmes de déforestation
- en Inde, gestion difficile des déchets
- pluies acides causée(s) également par la pollution.

* De plus certains territoires sont soumis aux contraintes naturelles qui les rend vulnérables : cas des tremblements de terre au Népal, inondations en Thaïlande, tsunami en Indonésie et au Japon.

La croissance économique a donc permis à la région de se moderniser et de se développer mais elle comporte de sérieuses limites concernant la pauvreté et l'environnement. La ville de Mumbai est un bon concentré des enjeux de cette région.

III. Mumbai, croissance et limites

A/ Une ville mondialisée

Ville au cœur de l'Inde. Plus de 20 millions d'habitants. Contient le 1er port du pays, des aéroports qui assurent 40% des vols internationaux du pays. Son PIB représente 4% du PIB indien. On y trouve les grandes places boursières BSE et NSE ainsi que plusieurs CBD.

On y trouve activités industrielles anciennes (textile, sidérurgie) et nouvelles (pharmacie...) qui sont ensuites exportées.

- de nombreuses FTN s'y installent dans zone franche.
- de nombreux services y sont délocalisés (plateformes téléphoniques...)
- centre culturelle (Bollywood) et étudiant / de recherche (université et IITB).

B/ Une ville qui s'étend de plus en plus

- Avec la croissance de la population : 5 millions en 1960, 20 millions en 2000 (x 4)
- étalement urbain avec création d'une ville nouvelle Navi Mumbai, des quartiers d'affaires en construction.

* Des projets de modernisation : "- Mumbai Vision"
"- Dharavi redevelopment project"
- métro aérien inauguré en 2011
- la ville est reliée à l'arrière-pays par des réseaux de transports et de plus de personnes viennent des campagnes pour s'installer dans l'agglomération

C/ Les défis à relever

* Problème de pauvreté et d'inégalités :
Dharavi = le plus grand slum d'Asie (175 hectares) ; 60% de la population de la ville vit dans un bidonville. Il y a aussi beaucoup de chômage et près de la moitié des habitants qui travaillent dans activités illicites ou non déclarées.
- Fort contrastes entre minorité riche ayant un mode de vie et consommation ostentatoire juste aux abords des bidonvilles.
* Problème de transports : complètement congestionné, avec des heures de pointe de 4h et souvent des trains / bus qui transportent 3x plus que leur capacité.
* Problème d'accès aux ressources et de dégradation :
Réseau de distribution d'eau mal organisé → beaucoup de femmes et enfants doivent faire corvée d'eau (donc temps en moins pour l'école). On estime à Dharavi qu'il y a 1 WC pour 1500 personnes.
- La gestion des déchets pose aussi problème = 11 millions de tonnes chaque dont seulement la moitié est ramassée. Entraîne une pollution des fleuves et la diffusion de maladies (typhus, choléra).

Conclusion = La ville de Mumbai est une mégapole mondiale parfaitement intégrée au processus de mondialisation. La croissance éco et démographique y entraîne un phénomène d'étalement urbain qui avec pose cependant des problèmes aux niveau social et environnemental. La ville reflète parfaitement les enjeux que l'on rencontre en Asie du Sud et de l'Est. Les défis à relever sont donc de mettre cette forte croissance démo et éco au service du développement de la région et de parvenir à s'appuyer sur un modèle de développement durable prenant en compte l'aspect social et environnemental.

Mal dit

APPRÉCIATION DE LA COPIE 21

Très bon travail. La composition de géographie et les connaissances sont bien maîtrisées.

NOTE DE LA COPIE

17/20 soit 10,2/12

COMMENTAIRE DÉTAILLÉ

CE QUI EST BIEN

- La copie est très documentée et contient beaucoup d'exemples.
- L'« accroche » est peu originale – le chiffre de population de la Chine et de l'Inde – mais elle est correcte.
- La phrase-plan indique bien l'organisation de la copie.
- Le plan est clair :

  I. Des enjeux démographiques

  A. Une population nombreuse mais inégale selon les pays

  B. Population inégalement répartie

  C. Les atouts et contraintes de la croissance démographique

  II. La croissance économique et ses limites

  A. Une très forte croissance économique

  B. Problèmes de pauvreté, d'inégalités

  C. La question de l'environnement

  III. Mumbai, croissance et limites

  A. Une ville mondialisée

  B. Une ville qui s'étend de plus en plus

  C. Les défis à relever
- Des notions utilisées : la transition démographique, la littoralisation, la métropolisation, la macrocéphalie, zones enclavées, développement « en vol d'oies sauvages » (mais mal orthographié), « révolution verte »...
- Bien pour les transitions, qui sont claires.
- L'élève n'a pas oublié l'aspect environnemental.
- L'élève travaille à différentes échelles, régionale, nationale et urbaine.
- La troisième partie, l'exemple de Mumbai, n'a pas été sacrifiée.

COPIES 20-22

Ce qui doit être corrigé

- On écrit 1,2 million et non 1,2 millions.
- La problématique est banale. « Quels sont alors les enjeux et les défis à relever que posent les booms économiques et démographiques en Asie du Sud et de l'Est ? »
- L'erreur courante sur « exode » qui est du masculin, un exode rural et non une exode rurale.
- Attention aux expressions « mode » du type cela « pose problème », « au niveau de ».
- Oubli de Taïwan dans les « quatre dragons ».
- Attention aux pléonasmes « les campagnes rurales ».

Ce qui doit être approfondi

- La conclusion a visiblement été rédigée très rapidement. Il aurait été probablement mieux de moins développer la troisième partie et de soigner la conclusion.

COPIE 22

Sujet n°2.

En décembre 2014, la Chine - pays de l'Asie du Sud et de l'Est - devient la première puissance économique mondiale mais demeure cependant située dans la région concentrant le plus grand nombre de pauvres au monde. Ainsi, l'Asie du Sud et de l'Est est une zone très contrastée, à la recherche de son développement. Extrêmement peuplée et en plein essor économique, les croissances économique et démographique doivent être maîtrisées afin de faire face à de nombreux enjeux. Quels sont les enjeux auxquels est confrontée l'Asie du Sud et de l'Est, une région en plein essor démographique et économique ?

Si l'Asie du Sud et de l'Est est soumise à une forte croissance démographique, et donc à certaines pressions, elle est également en plein essor économique et doit tenir compte de sa population. Mumbai est ainsi caractéristique de cette région, oscillant entre rayonnement mondial et modernité, et inégalités.

Bien pour l'introduction, malgré la problématique

I. L'Asie du Sud et de l'Est : une région soumise à une forte croissance démographique.

A- Une région très ~~maitrisée~~ peuplée, que l'on tente de maîtriser

dont on tente de maîtriser la croissance démo-graphique.

→ Une très forte population. 3 milliards 500 millions d'habitants, soit 55% de la population mondiale. Présence des deux géants démographiques que sont l'Inde et la Chine. Très forte densité de popula-tion mais différences entre les zones. Ex du Tibet ; montagnes très peu peuplée.

→ Tentative de régulation de la populat°. Densité de pop. accrue est à l'origine de nombreuses tensions dues à la pression démographique.
Volonté de réguler le « boom » démographique avec la « politique de l'enfant unique » en Chine par exemple.

B- Les enjeux urbains et les déséquili-bres liés à cette forte population.

→ Organisat° de l'espace urbain
Exode rural massif qui a contribué à l'essor de grandes villes mondiales : Shanghai

en Chine, Mumbai en Inde.
Mais problème de la Macrocéphalie urbaine avec cas de la Thaïlande.
⊕ certaines villes doivent totalement réorganiser leurs espaces urbains car pas adaptés à un tel dvlppt démographique.

→ Déséquilibres de population

. Déséquilibre hommes/femmes. On estime qu'il manquerait environ 100 millions de femmes dans la région. Cause : naissances de garçons préférées à celles des filles pour raisons culturelles, religieuses et de patrimoine.
. Déséquilibre jeunes/vieux : cas du Japon : bcp ⊕ de personnes âgées 45% de la pop a ⊕ de 60 ans et 10% a moins de 10 ans.

L'Asie du sud et de l'Est connaît une croissance démographique importante, et celle-ci est très liée à la croissance économique. Il s'agit donc pour cette zone, de faire fonctionner les deux ~~indicateurs ensemble~~ dans le cadre d'une volonté de développement.

Transition correcte.

COPIES 20-22

II. Une région en plein essor économique mais qui doit tenir compte de sa population

A - Une croissance économique rapide mais hétérogène.

→ Croissance amorcée à la deuxième moitié du XXème siècle dans la région : dès 1950-1970 pour le Japon, * 1970-80 pour les "quatre dragons" * 1980-90 pour les "Tigres", 1990 Chine, 2000 Vietnam et Cambodge.

* pays du "Nord"

Mais certains pays restent des PMA : Laos.

Dvlpt fondé pour la plupart sur leurs ressources. Néanmoins, forte dépendance à l'extérieur. Économies extraverties.

Voie de dvlppt : industrie lourde => technologie. Certains sont passés presque directement à la haute technologie : Singapour.

→ Cette ↗ éco est très fortement soutenue par la ↗ démographique : pays sont accélérés à la croissance.

Pays mettent à profit cette forte populat° = peut représenter de la main-d'oeuvre, ou des travailleurs qualifiés => cas de l'Inde qui forme 3 M de jeunes diplômés en sciences appliquées, communication et ingénierie par an.

Toutefois, populat° représente un réel problème quant à l'accès à la santé, l'éducation et l'alimentat°.

=> Mais dvlpt éco tendrait à réguler la croissance démographique.

B - Cet essor économique ne signifie pas développement.

→ ↗ éco indépendante du dvlppt.

Sociétés très inégalitaires entre pays et à l'intérieur des pays (Chine, Corée du Sud).

Zone qui connaît une forte pauvreté humaine (⊕ de 2 milliards de pauvres) et encore confrontée au pb de la sous alimentat° : regroupe 70 % de la populat° sous alimentée mondiale.

⊕ Région soumise aux aléas naturels, territoires vulnérables et pays ne parviennent pas à les maîtriser.

Mais on observe un recul de l'extrême pauvreté et Révolution verte → sécurité alimentaire.

→ Pb de l'atteinte portée à l'environnement

Dvlpt éco rapide s'est fait aux dépens de la préservat° de l'environnement.

Avec dvlppt industriel massif ⊕ urbanisat° en essor et villes macrocéphales.

Certains pays font partie des pays les plus pollueurs de la planète (Chine).

Ainsi, l'Asie du Sud et de l'Est est une région du monde dont l'essor économique et démographique ~~l'apparition~~ a contribué d'une part à son développement et d'autre part à la persistance d'inégalités. À plus courte échelle, la ville de Mumbai présente également ces caractéristiques.

Mal dit

COPIES 20-22

III Le cas de Mumbai : ville très peuplée, symbole de modernité, mais aux inégalités de croissance et développement persistantes.

A- Une ville intégrée à la mondialisation qui doit faire face aux défis de la croissance.

Ville la + riche d'Inde (50 % du commerce extérieur). 20 millions d'habitants.

→ • De nbreuses activités : pôle industriel & technologique, capitale culturelle (Bollywood), pôle financier, centre d'enseignements, transports.

• Bcp d'échanges avec l'extérieur : fait partie des 10 premières bourses mondiales. IDE entrants et sortants.

=) Symbole de la modernité.

→ Urbanisat° mal maîtrisée. Organisation Nord-Sud, Est-Ouest avec quartiers très contrastés.

Bidonville de Dharavi = entrave à la communicat°.

Urbanisat° attaque espaces verts et parcs.

↗ urbaine doit être absorbée : créat° d'une ZES, projets immobiliers et de transports.

B- La forte densité démographique et l'urbanisation conduisent à des inégalités socio-spatiales.

→ Inégalités sociales : émergence d'une

classe moyenne caractérisée par la création de nouveaux quartiers chics (Tardéo) ⊕ mode de vie à "l'occidentale".

Contraste avec pauvreté très présente : 50% de la pop vit dans des bidonvilles.

Inégalités dans l'accès aux soins et à l'éducat°

→ Fragmentation spatiale :

Dharavi, ⊕ gd bidonville d'Asie (1 million d'hab). ≠ habitats résidentiels de luxe et centres commerciaux.

⊕ Phénomène de gentrification : entrepreneurs immo souhaitent s'emparer de Dharavi et repousser les populat° pauvres en dehors de la ville.

→ Pression démographique et sociale entraîne des conflits, parfois violents. Forte population et sa diversité accroît les tens° entre les groupes humains, not. entre Hindous et Musulmans.

Bcp d'agitat° : exemple des émeutes de 1992.

L'Asie du Sud et de l'Est est une région qui s'affirme de plus en plus à l'échelle mondiale et dont le rayonnement s'appuie essentiellement sur des puissances affirmées comme la Chine et le Japon, accompagnées de grandes puissances émergentes comme l'Inde.

Cependant, la pression démographique confrontée au développement économique résulte souvent très problématique : notamment en ce qui concerne la gestion de ressources et le développement durable.

//

Bien.

APPRÉCIATION DE LA COPIE 22

Très bon travail, avec une bonne utilisation de Mumbai dans la composition.

NOTE DE LA COPIE

17/20 soit 10,2/12

COMMENTAIRE DÉTAILLÉ

CE QUI EST BIEN

- L'« accroche » de l'introduction tient compte de l'actualité : la Chine dépasse les États-Unis en décembre 2014.
- La phrase-plan indique bien quelle est l'organisation de la copie.
- Le plan est clair, en trois parties, comprenant chacune deux sous-parties :

  I. L'Asie du Sud et de l'Est : une région soumise à une forte croissance démographique

  A. Une région peuplée, que l'on tente de maîtriser

  B. Les enjeux urbains et les déséquilibres liés à cette forte population

  II. Une région en plein essor économique mais qui doit tenir compte de sa population

  A. Une croissance économique rapide mais hétérogène

  B. Cet essor économique ne signifie pas développement

  III. Le cas de Mumbai, ville très peuplée, symbole de modernité, mais aux inégalités de croissance et de développement persistantes

  A. Une ville intégrée à la mondialisation qui doit faire face aux défis de la croissance

  B. La forte densité démographique et l'urbanisation conduisent à des inégalités socio-spatiales
- Bonne utilisation du vocabulaire : la macrocéphalie, la « Révolution verte », le phénomène de gentrification
- Les transitions sont correctes
- Les risques ne sont pas oubliés
- L'élève travaille à plusieurs échelles

CE QUI DOIT ÊTRE CORRIGÉ

- Il aurait été mieux de recopier l'intitulé du sujet pour à la fois indiquer au correcteur le sujet choisi et le mémoriser.
- La problématique est trop proche du sujet. « Quels sont les enjeux auxquels est confrontée l'Asie du Sud et de l'Est, une région en plein essor démographique et économique ? »

COPIES 20-22

- L'expression peut parfois prêter à confusion. « Une région très peuplée que l'on tente de maîtriser » voudrait signifier que l'on veut maîtriser la région (?)
- Bonne utilisation du vocabulaire : la macrocéphalie, la « Révolution verte »...
- Les transitions sont correctes.
- Les risques ne sont pas oubliés.
- L'élève travaille à plusieurs échelles.

Ce qui doit être approfondi

- Un schéma de Mumbai aurait été bienvenu.

TABLE DES MATIÈRES

GÉOGRAPHIE

Cet ouvrage a été achevé d'imprimer en décembre 2015
dans les ateliers de Normandie Roto Impression s.a.s.
61250 Lonrai
N° d'imprimeur : 1505886
Dépôt légal : janvier 2016

Imprimé en France